U0024611

官商鬥法
之
19
最後攤牌
姜遠方 著

目錄 CONTENTS

第一章 白手套 …… 5
第二章 無妄之災 …… 27
第三章 盡釋前嫌 …… 49
第四章 見獵心喜 …… 77
第五章 尋人啟事 …… 103
第六章 來者不善 …… 125
第七章 凶多吉少 …… 151
第八章 貪官污吏 …… 179
第九章 飛黃騰達 …… 207
第十章 調虎離山 …… 229

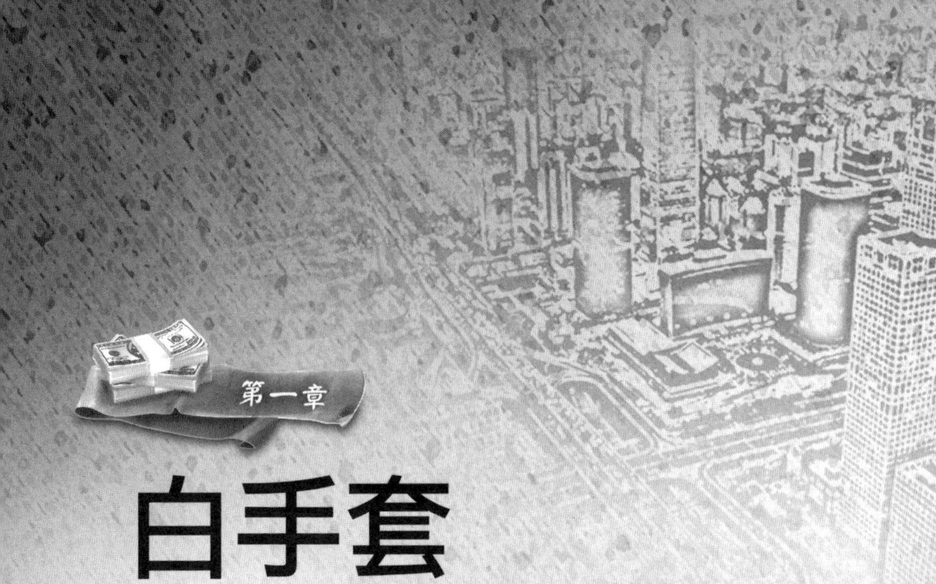

第一章

白手套

傅華說：

「開始我還不知道為什麼穆廣會跑到北京來給關蓮開辦公司，後來才讓我想明白，原來關鍵公司實際上是為關蓮在海川開展業務作掩護的，而關蓮就是給穆廣做白手套的人。這個女人實際上就是穆廣的地下情人。」

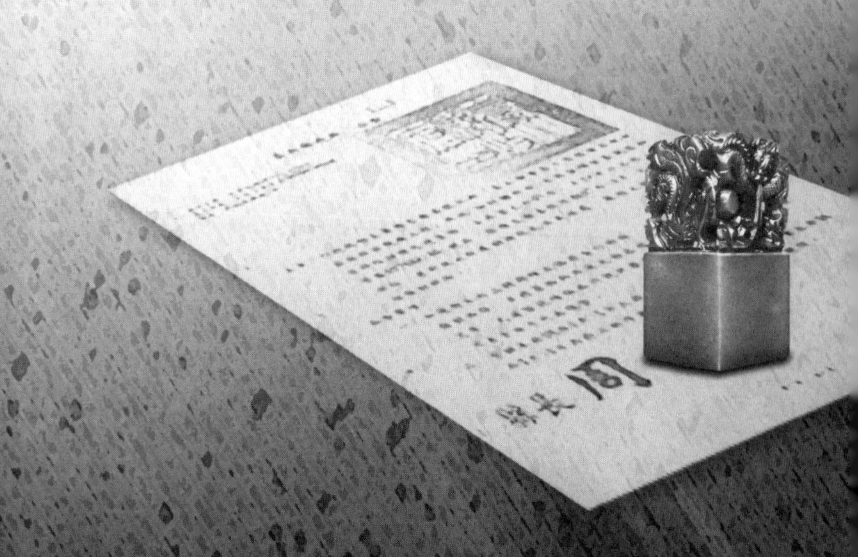

傅華說：「這就是我說的穆廣那件不為別人所知的秘密，其實我是最早知道關蓮和穆廣之間有聯繫的人。當初就是穆廣委託我，幫關蓮在北京開辦了關鍵建築資訊公司。開始我還不知道為什麼穆廣會跑到北京來給關蓮開辦公司，後來發生的一些事情才讓我想明白，原來關鍵公司實際上是為關蓮在海川開展業務作掩護的，而關蓮就是給穆廣做白手套的人。這個女人實際上就是穆廣的地下情人。」

曲煒說：「你怎麼能這麼確定啊？」

傅華笑笑說：「這還用說嗎？那個關蓮並沒有什麼了不起的學歷背景，她能給地產公司提供什麼諮詢啊？除非是一些內幕和臺面下的利益交換。至於我為什麼說關蓮是穆廣的情人，這還牽涉到丁益。」

曲煒說：「丁益，丁江的兒子？」

傅華點點頭，說：「這個傻瓜不知道怎麼被關蓮的美色迷上了，非要跟關蓮在一起。您也知道，我跟他父子二人交情很深厚，我不能看著他就這麼被關蓮騙了，就多嘴告訴了丁益，穆廣和關蓮究竟是一種什麼關係，沒想到這個傻瓜什麼都跟關蓮說，結果穆廣知道了是我洩露他和關蓮間的秘密，就惹來穆廣一連串的報復。」

曲煒不禁嘆說：「原來還有這麼複雜的關係在啊？」

傅華說：「葉富的事情只要找到關蓮，問題馬上就會迎刃而解的，我不明白省紀委爲什麼不追查下去，就聽憑葉富的狡辯，就讓他過關了。」

曲煒說：「你不能這麼說，省紀委不是沒找過關蓮，可這關蓮下落不明，找不到啊。」

傅華氣說：「什麼啊，他們根本就沒真正的去找，關蓮下落不明，他們爲什麼不去關蓮的老家找她的父母問一問啊？」

曲煒笑笑說：「你不要這麼武斷，你怎麼知道他們沒找過？」

傅華忿忿不平地說：「我當然知道了，因爲丁益跟我說，他去關蓮身分證上登記的地址找過，結果發現根本就沒有關蓮這個人。」

曲煒愣了一下，說：「怎麼，丁益在調查這件事情？」

傅華說：「是啊，這個傻瓜至今放不下關蓮，現在關蓮下落不明，他懷疑關蓮被穆廣給殺害了，就四處尋找線索。」

曲煒笑了起來，說：「他是不是偵探小說看得太多了，穆廣再怎麼說也是一個副市長，怎麼也不會做出殺人這種事吧？」

傅華說：「我也覺得丁益有點神經過敏了。」

曲煒又說：「不過，怎麼會沒有關蓮這個人呢？難道她的身分證是假的？」

傅華說：「最詭異的事就在這裏，警方確認身分證是真的，卻找不到這個人的戶籍資料和這個人的去向。我懷疑關蓮這個名字和關鍵公司一樣，是爲了掩飾關蓮這個女人的身分用的。」

曲煒嚴肅了起來，說：「據我所知，這些情況，省紀委的同志並沒有向郭奎書記和呂紀省長彙報啊。」

傅華說：「這就是問題所在了，丁益都能查到的事，爲什麼省紀委查不到？所以我才說省紀委是根本就沒好好追查，也因此我才覺得省紀委查這個案子的同志有問題。」

曲煒聽了，板起臉來說：「別瞎說，這種話是能隨便說的嗎？你怎麼能隨便懷疑省紀委的同志呢。」

傅華被說得不好意思了，說：「我也就在您面前才敢這麼說啊。」

曲煒教訓說：「這種隨便揣測的話以後不要講了，尤其在那個丁益面前更不要講，事情都被你們搞複雜了。」

傅華說：「丁益面前我是可以不講，不過，丁益不會就此善罷甘休的，他肯定會再找下去的。」

曲煒說：「他要找那是他的事情，你別瞎摻合，知道嗎？你跟他不同，他在商場，你在官場，跟紀委的同志結怨，對你來講並不是件好事。」

傅華點點頭說：「我明白這裏面的風險，可是事情也不能就這麼含糊過去啊？」

曲煒勸說：「不這麼含糊過去又能怎麼樣？你不是包青天，別想什麼除惡務盡了。傅華啊，你年紀也不小了，看事情應該不會還是那麼單純吧。我跟你說，這兩年，我越來越覺世界上沒什麼事情是單純的了，很多事不是非黑即白，而是黑白混在一起的。所以做什麼事的時候，要多動動腦子，不要只憑著個人的好惡去莽撞行事。」

傅華明白曲煒說這些是爲了他好，雖然他並不十分贊同曲煒的觀點，卻還是點了點頭，說：「我明白您的意思了。」

曲煒又交代說：「再是關於穆廣和關蓮私下關係的這件事，以後也不要再跟別人提起。你這麼做實際上很不好，上級把私事委託給你，是一種對你的信任，你卻告訴了別人，這實際上是一種背叛，這種背叛是致命的。穆廣生你的氣也很正常，換到任何一個人也不會高興你這麼做的。」

傅華辯解說：「我是因爲丁益是我的好朋友嘛！我怕他吃虧才說的，別人我肯定不會說的。」

曲煒說：「好朋友也不行，丁益又不是小孩子，他應該有自己的判斷，也應該爲自己的行爲負責，你操那麼多心幹什麼？傅華啊，你明不明白你這個駐京辦主任是一個什麼位置啊？這是一個服務性的崗位，你是爲領導服務的，迎來送往的都是領導和他們的親屬，這裏面很多事都是私人性質。現在的領導們都是兩副面孔，公開場合上，領導們可能一板一眼，私下裏卻根本不是那麼回事。在駐京辦你能見到很多領導不爲人知的那一面，而這些都是他們不想被別人知道的，所以你必須要把這些事藏在肚子裏，只有這樣，你這個駐京辦主任才能幹得長遠。」

傅華看了看曲煒，他還真沒想到這麼深層，他覺得曲煒所說的並不是完全沒有道理，但同時也覺得有什麼地方不對，只是卻無法說出不對在什麼地方。

曲煒看傅華只著看他不說話，笑說：「傅華啊，可能你現在還不能完全明白我的意思，不過慢慢你就會懂的。我也是這幾年幹副秘書長才領悟到的。說到底，我們倆現在的工作性質都是爲領導服務，我們是服務他們，而不是在背後搞他們的小動作，這一點你必須明瞭。」

看來曲煒這些年的副秘書長還真沒白幹，他很清楚自己的定位。也許曲煒是對的，只有明確了自己的職務定位，才會明白自己應該做什麼，不該做什麼。難怪郭奎書記和呂紀省長會這麼賞識曲煒。

傅華感激地說：「您的話我都記下來了，我會認真想一想的。」

曲煒語重心長地說：「我知道你對我的話還是有些不服氣，這都是你所謂的正義感在作祟。我跟你講一件事，在我做副秘書長期間，一個服務另一位副省長的副秘書長因爲跟那位副省長有了間隙，就利用他掌握的情況，舉報了那位副省長，結果查明屬實，那位副省長被法辦了。按照你的觀點，這位副秘書長算是正義的吧？是不是應該被重用呢？可是後來怎麼樣呢？再沒有人敢用這位副秘書長了。誰敢放這麼一顆地雷在身邊呢？他很快就被調出省政府，到了一個閒得不能再閒的位置上去等著退休了。我跟你說這件事的意思是，領導也是人，人都有犯錯的時候，所以沒人願意用一個可能檢舉他們的人。」

傅華想了想說：「我明白您的意思了。」

曲煒說：「你明白就好，穆廣的事你不要去管了，這種人早晚會被抓住的，那個關蓮也不可能藏一輩子，所謂多行不義必自斃嘛。」

這時，鄭莉收拾完，走了過來說：「你們聊什麼呢？」

曲煒笑笑說：「我剛才誇傅華有眼光，找了你這麼個賢慧的老婆啊。」

鄭莉不好意思地說：「曲市長，您真是會說話。」

傅華和曲煒就不再聊工作上的事，聊些家長裡短的閒話，曲煒又問候了鄭老的身體狀況，直聊到很晚，傅華才把曲煒送回飯店。

第二天，曲煒打電話來跟傅華道別。

傅華有些不捨，說：「您這麼快就走啊，我還想問您有沒有機會再聚一聚呢？」

曲煒笑笑說：「該說的我都說了，再聚也沒什麼好說的了。」

傅華說：「那祝您升職成功了。」

曲煒笑說：「該來的總會來的，好了，再見吧。」就掛了電話。

東海省省政府辦公大樓。

從北京回來的曲煒遇到了金達，金達剛從呂紀的辦公室出來。

曲煒知道金達是來向呂紀做海洋科技園進展情況的專題彙報的，就說：「金市長彙報完了？」

金達點了點頭，說：「是，曲副秘書長在忙什麼呢？」

曲煒笑笑說：「我也說不出自己在忙什麼，就是成天瞎忙罷了。到我辦公室坐一下吧？」

金達說：「好啊，正好我跟呂省長回報得口乾舌燥的，到您那討杯好茶喝。」

兩人就一起去了曲煒的辦公室。

曲煒給金達泡了杯龍井，然後說：「呂省長怎麼說？」

金達笑笑說：「大體上還算滿意，不過也提了不少的問題。海川現在是在摸著石頭過河，一點點探索吧。」

曲煒說：「海洋科技園對我們東海省來說，是一個新的項目，有問題是很正常的。

不過，您原來就是省裏的智囊，有問題也會很快找到解決方案的。」

金達笑說：「您真是太看得起我了，我算什麼智囊啊。」

曲煒笑笑說：「金市長客氣了，現在海川在您手裏可是蒸蒸日上啊。前天我和呂省長去了一趟北京，還去駐京辦看了看傅華。」

金達說：「傅華確實是個很有能力的人才，我去海川之後，他幫了我很多。怎麼，他跟您抱怨我了？」

曲煒笑說：「那怎麼會，他說金市長很支持他的工作。倒是你們的穆副市長好像對他有很多的意見啊？我去的時候正碰到穆副市長打電話給他，聽到穆副市長批評了他好一通，好像是爲了什麼海川重機的重組事情。」

金達聽得出來，曲煒是在爲傅華叫屈，他對穆廣也是有意見的，不過他跟穆廣的分歧不好在曲煒面前表露，便笑了笑說：「穆廣處理事情是有點急躁了些，有時候對下面的同志就不夠體諒。」

曲煒把金達叫到自己辦公室，實際上就是爲了幫傅華說說話，希望金達能在某些方面適當地維護一下傅華。目的達到，曲煒就不再說這個話題了，看看時間已近中午，便說：「金市長，您中午如果沒什麼活動的話，我請你吃飯吧？」

金達客氣地婉拒了：「我已經跟老婆說中午要回家吃飯了，您知道我回省城一趟不容易，不好不回去一下。」

曲煒聽了，說：「這樣啊，那我就不耽擱你們夫妻團聚了。」

金達從曲煒那裏離開後，回到在省城的家。

打開門，他愣了一下，竟然有一個年輕女子在家裏，懷疑自己是不是走錯了門。

年輕女子看到金達，立即迎了過來，伸手接過金達的手提包，說：「您是金叔叔吧？」

金達點點頭說：「我是，你是？」

年輕女子說：「我是萬阿姨請的保姆，我叫田燕。」

金達看田燕很老實勤快，便問：「你是什麼時候來的？我怎麼沒聽你萬阿姨說過？」

田燕笑笑說：「我來這有段時間了，只是叔叔你一直很忙，沒有回來，所以不知道。」

金達這才想起自己確實有段時間沒回家過了，便說：「是啊，我是好久沒回來了。你來了也好，我原本還想做飯給你萬阿姨吃呢，這下省了我的事了。」

田燕說：「我已經準備好了，叔叔您去看電視吧，等阿姨回來，就可以吃飯了。」

金達說：「那你忙你的吧，不用管我了。」

中午，萬菊和兒子回來了，田燕已經做好一桌子豐盛的菜肴。

金達對萬菊說：「你請了保姆也不跟我說一聲，我一進門見到小田，還以為走錯門了呢。」

萬菊原本擔心金達有意見，便笑笑說：「我是想告訴你，可是你也得給我機會啊，你忙得跟什麼似的，打電話回來也只是問兒子的情況，我哪來得及跟你說啊！來，趕緊嘗嘗小田的手藝，她菜做得真不錯，兒子吃得很開心。」

兒子也高興地說：「是啊，小田姐姐做的比媽媽好吃。」

金達嘗了嘗，口味果然不錯，便點了點頭，說：「真是很好。」

在一旁看著金達臉色的田燕看到金達很滿意，這才鬆了口氣，說：「叔叔覺得好吃就行。」

金達問：「這麼好的保姆，你是從哪裡找來的？」

萬菊說：「你也覺得小田不錯？」

萬菊看了看金達，擔心金達知道田燕是錢總推薦來的後，會不接受田燕，便隱瞞了這部分，說：「她是一個朋友的親戚，想來齊州找工作，一時沒找到合適的，就暫時到我們家做保姆了。」

金達聽了說：「這樣啊，這麼說，她找到工作就不幹了？」

萬菊點點頭說：「我還真擔心這一點呢，她要是離開，我又得一個人忙了。」

晚上，兩人昏沉沉正要睡去時，金達的手機忽然響了起來。

萬菊煩躁的說：「你們海川的人真是煩人，好不容易回來一趟，這麼晚還來找你。」

金達知道這麼晚還有電話，一定是有什麼急事，心中雖然不悅，卻也不敢怠慢，連忙拿過手機，看看是市政府趙秘書長的號碼，趕忙接通了。

「趙秘書長，這麼晚找我有事嗎？」

趙秘書長急急的說：「不好意思，金市長，這麼晚還打攪你，雲山縣那邊出事了。」

金達說：「雲山縣出事找常志縣長啊，怎麼找到市裏面來了？」

趙秘書長說：「事情就是出在常志縣長身上，剛才我接到彙報，他們的縣長和縣委書記被包圍了，現場聚集了大批的群眾，情緒十分激動，說要讓常志縣長償命，雲山縣警方出動了大批員警也難以控制局面，就想請市公安局派人支援。」

金達吃驚地說：「什麼，雲山縣的警方竟然無法控制局面，究竟出了什麼事啊？怎麼這麼嚴重？誰讓出動員警的？」

趙秘書長說：「現在市裏面也不知道具體的情形是怎樣，常志和縣委書記王敬同志的電話都打不通，只知道縣長和縣委書記都被圍困住。金市長，要不要讓市公安局派人過去啊？」

金達說：「派人過去幹什麼，武力鎮壓啊？你弄不清楚情況怎麼派人啊？先把情況弄清楚再說。我現在馬上趕回去，你通知穆廣同志，讓他先趕去雲山縣穩住局面，我隨後就到。」

趙秘書長說：「好，我馬上安排。」

金達又說：「你把情況也跟張琳書記彙報一下，看他要怎麼處理，有什麼情況及時彙報給我。」

「好的。」

發生這麼嚴重的警察和群眾對峙事件，金達也不敢在家稍作停留了，連忙起身，穿上衣服就要回海川。

萬菊嘆了口氣，說：「好不容易回來一趟，連個覺都睡不上就要趕回去了？」

金達無奈地說：「海川出了大事，我必須趕回去。」

金達在路上跟張琳通了電話，張琳也不清楚雲山縣究竟發生了什麼事，只是聽說海川有一個女幹部從賓館跳樓自殺，常志縣長也在那裏，女幹部的家屬趕到現場時，糾集了不少人去賓館，不肯放常志縣長離開。縣委書記王敬前往出面解決，結果群眾被激怒，連同王敬一起包圍了。

至於爲什麼常志和女幹部會一起出現在賓館裏，目前還不清楚。張琳也正在派人瞭解當中。

金達聽了說：「原來是這樣子啊，我正在趕回去的途中，趕回海川後，我會直接去雲山縣的。張書記，你還有什麼指示嗎？」

張琳說：「這件事一定要慎重處理，千萬不能激化矛盾，我已經指示市公安局的同志不要派人到雲山縣去。你去現場一定要妥善處理。」

金達說：「我也覺得應該先好好安撫群眾的情緒爲上。我會瞭解事情真相，然後妥善處理的。」

張琳掛了電話，金達又打電話給穆廣，穆廣說他已經在趕往雲山縣的途中了，他瞭解到的情況跟張琳差不多，也不清楚常志爲什麼會跟那個女幹部一起出現在賓館。金達便囑咐穆廣一定要慎重處理，穆廣說他會有分寸的。

金達放下電話，雖然心中焦急萬分，可是從齊州到海川有一段路，他也只能乾著急，沒有絲毫辦法。

半路上，金達接到了市宣傳部長的電話，說有人把女幹部被逼跳樓的影片放到了網路上，立刻就有幾十萬的點閱率，留言者情緒都很激動，紛紛大罵政府官員，要求嚴懲事件的凶手。

金達知道事件變得越來越複雜，越來越嚴重了。

隨後穆廣打來，說他已經到了雲山縣，金達趕忙問：「現在狀況怎麼樣？」

穆廣回報說：「現場比預想的還要嚴重，雲山縣賓館已經被民眾包圍了起來，連旁邊的兩條公路都是黑壓壓的民眾。現場群眾十分激動，常志和王敬的轎車都被掀翻了，警車也被圍得動彈不得，縣裏全部的警力都在現場，卻沒有人敢動一點。」

金達問：「跳樓的那個女幹部呢？情況如何？」

穆廣說：「那個女幹部已經死亡了，遺體就在賓館大樓前面，現場的群眾不讓搬動。這個女幹部是最近新分發到雲山縣政府工作的，據說她的家族在雲山縣還有點影響力，親屬在雲山縣開工廠，規模還不小，所以現場才會那麼多人。」

金達又問：「知道是怎麼發生跳樓的啊？」

穆廣說：「據說是死者的父母接到死者的求救電話，說她被縣長常志帶到賓館，想要對她意圖不軌，她只好躲在洗手間裏，讓她父母趕緊過去救她。她的父母帶著人匆匆趕到賓館時，沒想到竟看到女兒從八樓跳下來死掉了，她的父母立即衝上樓去找常志，質問常志為什麼逼死他們的女兒。常志當時喝多了，酒還沒醒，對死者的父母態度很惡劣，說什麼他只是想跟死者玩玩而已，誰知道死者這麼不識相。還說死了就死了吧，他有的是錢，大不了賠點錢就好了。死者的父母一聽，氣得差點發瘋，就讓人把常志往死裏打。縣委書記王敬知道情況後，帶人去解救常志，沒想到死者父母早有準備，通知了所有的親屬，把現場圍了個水泄不通。」

金達越聽越火，常志的行徑跟一個惡霸有什麼區別，他忍不住罵道：「這個常志簡直是個混蛋，這樣的傢伙救他個屁啊，讓人打死他算了。」

穆廣勸說：「金市長，常志的行徑確實很惡劣，可是畢竟是一縣之長，您這麼說是不是不太合適？您冷靜一下。」

金達意識到作為市長，他在這個時候說這種話的確是不合適的，便深吸了口氣，平靜了一下，這才說：「老穆啊，你既然到了現場，能不能想辦法跟死者的家人溝通一下，看他們想怎麼處理這件事情？」

穆廣為難地說：「不行啊，金市長，我嘗試過跟對方溝通，可是對方情緒很激動，罵什麼的都有，根本就不和你談。我也不敢太接近，否則我也會被圍住的。」

金達想想也是，這時候穆廣進去等於是羊入虎口，讓鬧事群眾多了一個人質而已，就說：「老穆啊，既然這樣子，你要多做些安撫群眾的動作，千萬不要再激化矛盾。我跟張琳同志彙報一下情況，看看要如何處置。」

穆廣說：「行，我不會輕舉妄動的，等您過來再說。」

金達就又撥電話跟張琳報告事情經過。

張琳聽了，也是震驚無比，罵說：「這個常志竟敢這樣，他還是我們的人民幹部嗎？這種人怎麼能當一縣之長呢？」

金達說：「我聽了也很氣憤，不過，張書記，眼前不是氣憤的時候，現在必須對常志採取必要的措施，否則的話，現場民眾的情緒很難安撫下來。」

張琳問：「金達同志，你覺得我們應該怎麼做呢？」

金達說：「非常時期必須採用非常手段，鑑於這件事是因爲常志想要強暴女幹部才導致女幹部跳樓死亡，這已經構成刑事犯罪，我建議市委立即免去常志的書記、縣長職務，並且將常志立即逮捕，交給公安機關偵查。」

張琳想了想，說：「好，我同意。我也覺得應該對常志採取斷然措施，就這麼做吧，需要什麼手續我們後面再補。」

金達接到指令後，便說：「好的，那我就去現場宣布了。」

上午九點多，金達趕到了雲山縣，跟穆廣會合，穆廣彙報了事情的後續進展。經過安撫，現場群眾的情緒平靜了些，只是還沒有散去的意思。

金達聽完彙報，說：「讓兩名公安同志換成便衣，帶著手銬跟在我後面，我要進去跟死者家屬見面。」

穆廣看了看金達，說：「金市長，您進去太危險了，要不我進去吧？」

金達搖搖頭說：「我是市長，我進去，死者家屬可能更願意跟我談。」

金達就帶了兩名便衣員警往裏面走，邊走邊喊道：「我是海川市市長金達，我要進去跟家屬交談，請其餘人等讓開。」

有人喊道：「市長又怎麼了，了不起啊？」

金達說：「我是代表市政府來跟家屬談的，你們不讓我進去，我怎麼跟他們談啊？」

有人又喊：「還要怎麼解決，把常志給槍斃了，問題就解決了。」

金達說：「我對常志的行爲也感到十分氣憤，可是我不是法官，沒有權力把他槍斃了。」

有人就說：「你是市長還沒權力？你沒權力進來幹什麼，換個有權力的來。」

金達對群眾喊話說：「我沒權力把常志槍斃了，可是我有權力決定如何處置常志，市委已經同意免去常志的一切職務，並且將常志交給司法部門依法處理。請大家相信，司法部門一定會依法處理這件事情，還大家一個公道。」

有人說：「你說的倒輕巧，誰能保證你說的就能做到啊？如果司法部門不能依法處理怎麼辦啊？」

金達說：「我金達用人格向大家保證，當著雲山縣這麼多同志的面，我向大家承諾，一定會還大家一個公道，大家可以監督我做沒做到，如果我做不到，我金達將辭去海川市長這個職務。我說到做到。這下子大家可以讓我進去了吧？」

聽到金達的保證，人群這才讓開一條路。

金達帶著兩個便衣走進賓館，在八樓的一個房間裏，金達見到了雙目已經變得血紅的死者父母，還有王敬和常志。金達注意到常志已經被打得癱軟在那裏，死活不知了。

王敬看到金達，低聲說：「金市長您來了，對不起，我沒控制好局面。」

金達此刻哪裡有時間去搭理王敬，他走到死者的父母面前，向他們鞠了一個躬，說：「對不起，我們沒保護好你們的女兒。」

死者的爸爸哭叫道：「你說對不起有什麼用，我的女兒已經死了。」

金達說：「我知道我現在說什麼都無法救回你的女兒，我能做的只是給予加害你們女兒的罪犯嚴懲。這裏我代表市委宣布兩項決定，一是免去常志縣委副書記、縣長職務；二是將常志交由公安部門法辦。兩位對市委這麼處理是否滿意？」

死者的父母互相看了看，對峙了這麼久，他們已經不像開始那麼憤怒了，而且常志已經被打得昏迷不醒，他們暫時也沒有更好的主意來處置常志，倒不如借坡下驢，把常志交給金達處置。

死者的爸爸便說：「法辦常志，我們沒有意見，不過，你們不會跟我們秋後算賬吧？」

金達保證說：「你們的行爲也是基於義憤，換到誰，誰都會這麼做的，我向你們保證，今天的事件，政府絕不會秋後算賬的，請你們放心，也請你們讓大家趕緊解散了吧。」

死者的母親說：「那我女兒的遺體怎麼辦？」

「這個恐怕要交給公安部門來處理了，他們還需要一些勘驗的程序，好來定常志應負的罪責。」金達說。

死者的爸爸一聽，又有意見了：「那怎麼行？萬一你們毀屍滅跡了怎麼辦？」

金達說：「我這個市長在這裏跟你們保證，沒有你們的同意，公安部門絕對不能擅自處置你們女兒的遺體。」

死者的父母這才不吭聲了。

金達又對他們提出的一些細節上的要求表示了同意，這才讓跟來的兩位便衣刑警去查看常志的情況。

常志被打得很重，已經昏迷不醒，便衣想讓人送擔架將常志抬出去。金達上前看了看，常志似乎並沒有生命危險，就吩咐兩個便衣說：「不行，不能用擔架抬出去，你們倆給他戴上手銬，一人一邊把他架出去吧，出去再找醫院給他治療，知道嗎？」

金達是擔心用擔架來抬常志，又會引起外面聚集民眾的反感，這樣讓常志戴著手銬被架出去，會有一種被法辦的感覺，才能平息民眾的憤怒。

常志就這樣被帶了出去。死者的父母也一起離開了賓館，隨後公安派法醫將遺體帶走。這時眾人慢慢散去，公安才敢進場處理，將翻倒的車子翻了過來，道路總算通行了。

金達看一切都安置好了，才跟著王敬去雲山縣縣委。在王敬的辦公室，金達和穆廣聽取了雲山縣公安局的彙報，知道被送去醫院的常志並無大礙，經過救治後已經醒了。

金達心說：這個混蛋倒命大，被人打成這樣竟然沒被打死，不過氣憤歸氣憤，多少還是鬆了口氣，因爲常志如果被打死，死者家屬勢必需要有人爲這件事負責，那樣說不定又會激起一場新的群眾事件，成爲新的麻煩。

金達又把情況跟張琳作了彙報，張琳聽完也鬆了口氣，他表揚了金達處理事件的冷靜和果斷。

事情總算告一段落，金達頓時感到渾身十分的疲憊，剛才他的神經一直處於一種高度緊繃的狀態，現在事情平息下來，他才意識到自己昨晚一夜都沒休息，又奔波了幾百公里，身體已經超過負荷了。

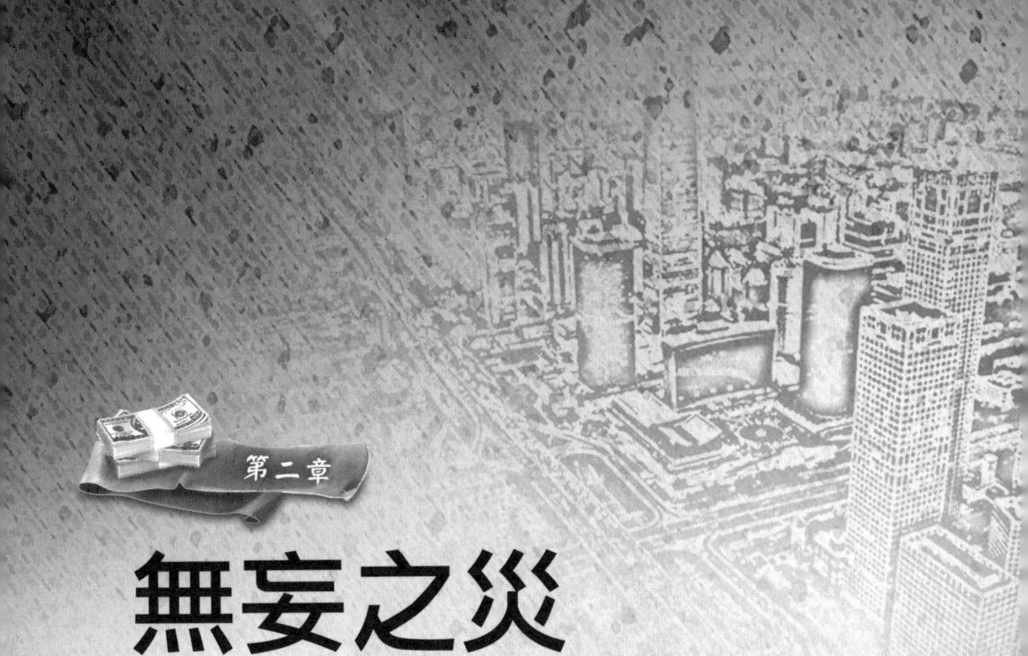

第二章

無妄之災

最倒楣的是王敬，
他不但成了被批判的對象，更失去了縣委書記的職務，
其實王敬本人沒有什麼不法的行為，可是他在這次事件中站錯了邊，
他不該一開始就跟常志站到一起，最後也就跟著常志遭受了無妄之災。

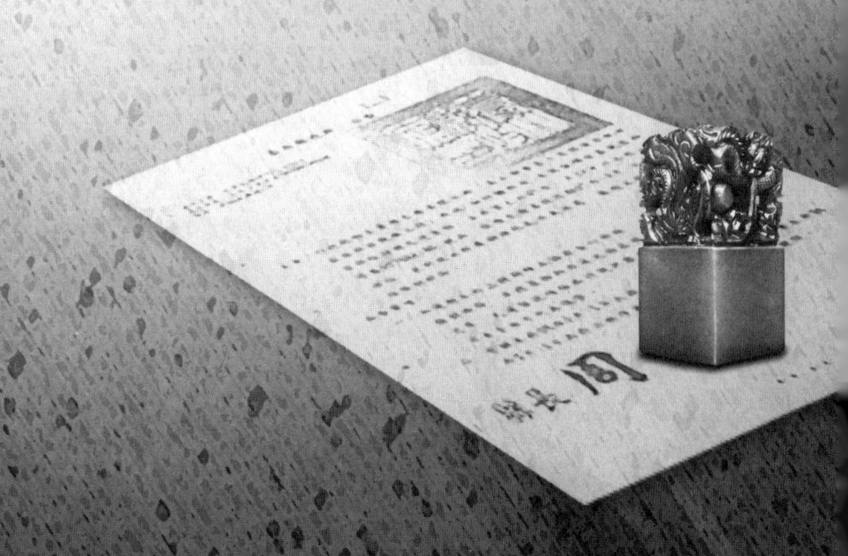

北京。

方山再次出現在駐京辦，傅華看出他的心情很興奮，便說：「方叔叔，什麼事情讓你這麼高興啊？」

方山說：「你知道嗎，常志被抓了。」

傅華已經看到這個消息了，他倒沒有因為常志被抓而高興，他高興的是，民眾普遍對這次金達處理事件的方式很滿意，這讓他感到金達應對的成熟，看來金達的政治手腕越來越老道了。

傅華笑了笑說：「我從網上看到了。」

方山說：「常志真是活該，我朋友打電話告訴我，他當場就被人打了個半死，真是讓人解恨啊。那時我知道方蘇被他欺負的時候，我也有這種想打死他的心情。」

傅華說：「方叔叔，事情過去那麼久了，再說，他好歹幫你們家解決了一個大問題，你還這麼恨他啊？」

方山搖搖頭說：「你不理解一個做父親的心情，幸好當時有你幫助方蘇，否則她如果真的被他給欺負了，我這個做父親的不但保護不了自己的女兒，還牽累她被人欺負，我真的不知道還有什麼顏面來面對她。」

傅華笑笑說：「多行不義必自斃，常志他這是得到了應有的報應了。」

方山哈哈笑了起來，說：「對啊，這就是多行不義必自斃，活該。我今天真是太高興了，好久沒有這麼揚眉吐氣過了。傅華，今天中午你一定要讓我請客。」

傅華能理解方山這種心情，就說：「行，方叔叔你要請客，我不會推辭的。」

兩人就一起吃了頓飯，方山因爲興奮，喝了很多酒，哼著小調離開了。

兩人都因爲常志的倒臺而心情愉快，但他們卻忘記了一個道理，所謂禍兮福所倚，有些時候，對手的倒臺帶來的不一定是好事，也可能帶來的是禍事。而他們光顧著高興，並沒有意識到常志被抓實際上帶給他們的是危機。

人們通常很難有憂患意識，在高興的時候，不會想到還會有什麼讓他們不高興的事情發生，反而認爲隨之而來的是更令人高興的事，正因爲如此，大多數人基本上不會防範樂極生悲，傅華也不例外。

但是危機已經在醞釀當中了，它正一步步迫近方山和傅華。

金達和穆廣趕回海川後，張琳召開了常委會議。

張琳環視著會場上所有的人，然後說：

「雲山縣的事情，我想大家都知道了，我不知道大家對這件事是怎麼看的，我是很痛心的。一位年紀輕輕、剛踏上崗位的女幹部就這樣子被逼死了，還是被我們的一位領導幹部逼死的，我們的幹部怎麼了？怎麼會出現像常志這樣的敗類？各部門也要認真檢討一下，爲什麼一個品性如此惡劣的人，竟然會通過你們的層層審查。」

會場一片靜謐，沒有一個人說話，在場的人心情都很沉重。

張琳接著說道：「這件事情雖然金達同志處理得很妥當，可是對我們政府人員的形象已經造成了十分惡劣的影響，我們海川現在是臭名遠揚，全國上下都知道我們的團隊中出了這樣子的敗類。對此，我也有責任，在這裏，我向大家作出檢討。」

會場上繼續安靜著。

張琳繼續說道：「該我承擔的責任我會承擔，爲了給雲山縣以及海川市的人民一個交代，相關的責任必須依法追究。常志就不用講了，他會受到法律的嚴懲。在這裏，我建議市委成立工作小組，對整個事件進行全面調查，同時爲了調查的順利進行，暫時停止雲山縣縣委書記王敬同志的職務，另行委派同志暫時主持雲山縣的工作。」

在場沒有任何人反對，大家早就意識到除了常志之外，王敬也必須受到處分，常委會上就通過了暫停王敬職務的決定，同時成立了調查小組。

鑒於穆廣前段時間參與過事件的處理，於是被任命爲這次事件特別小組的組長，主持後續的調查工作。

常委會結束後，金達和張琳一起去齊州，找到了省委書記郭奎，向郭奎彙報事件的

全部過程以及對這次事件的應對措施。

郭奎認真地聽完彙報後，點了點頭說：

「這次事件雖然很令人痛心，但是你們兩位處理的很好，十分到位，及時挽回了惡劣影響，這一點值得表揚。但是事件的處理並不能到此爲止，追究當事人責任只是一方面，我建議你們海川市以這次事件爲契機，展開一次全面的工作大整頓。」

張琳說：「郭書記你指示得很對，我們會就這次事件展開討論的，要我們的幹部從這次的事件當中汲取應有的教訓，提醒自己嚴守本分。」

郭奎點點頭，說：「張同志你這個想法是很好的，這次事件不但對你們海川市是一個教訓，對東海省的幹部團隊也有警醒作用，省裏也會以這次事件爲教材，在全省開展工作作風的整頓行動。」

郭奎爲這次事件定了調子，張琳和金達回到市裏，立刻就展開了雲山縣事件的討論。

事件成了反面教材，最倒楣的是王敬，他以對此次事件的處置不力和對常志行爲的縱容，不但成了被批判的對象，更失去了縣委書記的職務，他被安排到政協做調研員，雖然級別沒降，可是失去了縣委書記的實權。本來眾人看好的仕途一下子被扭轉，從此被打入冷宮，要在政協等著養老退休了，估計他也只能在夢中才能恢復他縣委書記一呼百應的威風了。

其實王敬本人並沒有什麼不法的行爲，可是他倒楣就倒楣在他在這次事件中站錯了邊，他不該一開始就跟常志站到一起，最後也就跟著常志遭受了無妄之災。

而事件的罪魁禍首常志，正在醫院躺著呢，他一隻手被銬在了病床上，現場還有兩名員警在看著他。

他醒過來的當下，還不明白爲什麼會這個樣子，他被群眾圍毆時，正是喝得大醉的狀態，因而記不得自己爲什麼被打，當然就更不知道爲什麼會被銬在醫院的病床上了。

當時他還想耍一下縣長的威風，大聲的質問在場的兩名員警，叫道：「你們不認識我是誰嗎？我是雲山縣的縣長常志，你們吃了豹子膽了，竟然敢銬我？你們趕緊把我放下來，不然的話，我讓你們的局長砸了你們的飯碗。」

兩名員警用憐憫的眼神看著這個還不知道發生了什麼事的倒楣鬼，其中一名警察說：「常志，你別叫了，你也不想想你都做過什麼事情，你現在已經不是縣長，是個罪犯了。」

常志掙扎著想把手從手銬裡掙脫出來，喊叫道：「胡說，我犯了什麼罪了？我記得我好好地跟朋友在喝酒，怎麼醒來竟然變成這個樣子了？」

警察冷冷地說：「你別費勁了，再掙扎下去，受罪的是你。你也真是夠冷血的，逼死了人，竟然什麼都不記得？」

常志被驚呆了，「我逼死了人？」

記憶開始慢慢回到常志的腦海裏，他記起來他跟朋友在酒店裏喝酒，朋友們接二連三的向他敬酒，他來者不拒，便有些喝多了。他被朋友送到雲山縣賓館休息，酒精刺激下的他，精神十分亢奮，躺在那裏怎麼也睡不著，就想起新來的女幹部小周。

小周二十多歲的樣子，瓜子臉白裏透紅，正是一朵讓人饞涎欲滴的花，讓常志一想到就心癢癢的，恨不得一口將她吞到肚子裏去。現在他的這種欲望更強烈了，恨不得馬上就把小周壓到身下去，於是給自己的秘書打了電話，說讓小周來他的房間，他有一份文件需要小周處理。

秘書心領神會，他不是第一次幫常志做這種事，他知道常志酒後喜歡找女幹部去他房間，更知道常志在房間裏和女幹部們究竟辦的是什麼事。就通知小周，說縣長有事情找她，讓她馬上去雲山賓館找常縣長。

小周剛來不久，還沒聽說過常志的這些風流韻事，不疑有他，還以爲縣長這麼晚找她是有什麼重要的事情讓她辦呢，就高興的答應了。

當小周看到喝得醉醺醺的常志，看到常志眼中那種色瞇瞇的表情，本能讓她意識到事情並不是她想的那樣單純，這個平常看上去道貌岸然的領導，此刻可能是要對她做什麼不軌的舉動。

她站在門口，問道：「常縣長，您找我有事？」

常志態度和藹地說：「小周啊，我這裏有份文件，你趕緊幫我處理一下，你過來，我拿給你。」說著，當真從提包裏拿出一份文件。

小周看常志拿出文件，心想看來她是誤會領導了，領導是真有公務交給她辦，並沒有其他企圖，她心中還爲自己誤會常志感到有些不好意思。

這位沒有多少閱歷，也沒有多少心機的女孩子，就往房間裏邁出了致命的一步。

她走到常志身邊，說：「什麼文件啊？」

常志看小周已經在他伸手可及的範圍之內了，就不再掩飾，扔掉了文件，一把將小周攬進懷裏，一張臭嘴就去小周的臉上亂拱，淫笑著說：「小寶貝，我想你好久了。」一邊還伸手去小周身上亂摸。

小周一開始被常志的舉動嚇呆了，任憑常志抱住她亂親她，等常志在她身上亂摸時，一下子摸醒了她，她用盡全身力氣推開了常志，叫道：「你幹什麼，常縣長？」

起初常志見她沒有抵抗，還以爲小周會順從他，推開他只是因爲女孩家的害羞，就笑笑說：「我幹什麼你心裏清楚得很吧，過來吧，讓我好好的疼你。」說著，就撲向小周。

小周又羞又怒，她沒想到道貌岸然的縣長竟然變了嘴臉，叫道：「你不要過來啊，你再過來，我可要喊救命了。」

常志笑了起來，說：「你喊啊，這是在八樓，在這個房間裏，喊了也沒有人敢來救你的，更何況，這房間隔音效果很好，你就是喊破喉嚨也沒人能聽到的。」

小周看看無法制止常志，就想往外逃，往門邊跑去，沒想到常志早就料到了她會有這一招，一個箭步攔住了她的去路。小周看此路不通，便轉身跑進洗手間，把門給反鎖上。

如果常志沒有喝酒，也許就不會去逼迫小周，他畢竟是一縣之長，降服女人的手段有的是，他沒有必要用強力逼迫一個女人上床，平時只要他稍微暗示一下，多少女幹部就老老實實的爬上了他的床，甚至有女人主動投懷送抱的。可是今天酒精讓常志血脈賁張，更讓常志失去了自制能力，使得事情因而徹底失控。

常志一看小周反鎖了洗手間的門，連猶豫都沒猶豫就去撞門，想要把門撞開，將小周拉出來。

洗手間的門並不堅固，雖然小周在裏面用力頂著，還是架不住常志這個大漢用力的撞擊，終於抵抗不住，門被撞開。

常志倚在門口，得意地說：「跑啊，這下子看你往哪裡跑？」

眼看前面是條絕路，根本就逃不出去，她絕望的跳上了洗手間的窗臺，指著常志說：「你別過來啊，再過來我就跳下去了。」

常志淫笑著，小周已經是他砧板上的肉了，他怎麼肯放過，更是一步步往裏緊逼，一邊笑說著：「小周啊，你是不是傻了，這是八樓啊，你跳下去還能活嗎？你不怕就跳吧。」

他話說完，人就已經衝到了窗臺前，伸手就去抓小周的身體。

小周本來是嚇嚇常志的，並沒有真的想跳樓自殺的意思，沒想到常志根本沒被嚇住，反而衝到了她的面前。這下子被嚇壞了的是小周，原本抓著窗戶的手一鬆，就掉了下去。

常志傻住了，他沒想到小周真的跳樓了，趕忙探頭去看下面的小周。只見在賓館門前燈光下的小周，身體抽搐著，一灘鮮血從她身下滲了出來，不一會兒就不動了。

常志的酒立時被嚇醒了不少，這下可怎麼辦？他渾身沒有了氣力，一下坐在了洗手間的地上，腦子裏想著要怎麼趕緊想辦法把這件事情掩蓋下來，卻是一團亂麻，根本就想不出頭緒來。

常志更沒有想到的是，小周在洗手間時，已經打電話向她的父母求救，小周的父母趕緊帶著人到了賓館，他們一看到沒有了氣息的女兒，頓時像瘋了一樣，衝到常志的房間，一腳把門給踹開。

小周的母親衝過去撲打常志，叫道：「還我女兒來，還我女兒來。」

常志一把推開了周母，叫道：「你這個瘋婆子打我幹什麼，打我有用嗎？你女兒死了就死了吧，我有的是錢，大不了我多賠你們幾十萬啦。」

小周的父親看常志搞出人命來還這麼囂張，越發火冒三丈，就對跟來的人說：「給我往死裏打，打死了我給他償命。」

這群人頓時一擁而上，對常志拳打腳踢起來。

常志閉上了眼睛，他大半輩子的努力到此算是付諸東流了，他不但失去了縣長這個位置，更要在監獄裏度過餘生。

他知道自己已經完蛋了，這時候說什麼也不能救他，索性就選擇了沉默。

他認真回想一遍事情的經過，當時現場除了小周就是他，並沒有別的人在場，知道實情的就他們兩個，而小周已經死了，那時在房間內究竟發生了什麼事變成死無對證，自己只要保持沉默，沒有人證，任何人都無法定他的罪。

想到這裏，常志自以爲得計，越發閉緊了嘴巴，他倒要看看誰能拿他怎麼樣？常志就這麼閉著眼睛，不去看任何人，不言不語的待了一天。

第二天，常志的身體狀況穩定了，海川市公安局就把他轉移到海川市人民醫院，讓常志在海川市人民醫院治療，另一方面也方便公安局刑警隊對常志逼死女幹部一事展開偵查。

偵查一開始就踢到了鐵板，常志在醫院裏面除了吃飯和接受治療之外，一概是閉著眼睛閉緊嘴巴，刑警隊的員警問什麼他都不回答，連句不知道都不說，一副負隅頑抗的樣子。

警方傻眼了，這件案子現在鬧得這麼轟動，網上還有許多鄉民在盯著海川警方會對常志採取什麼措施呢。現在常志這個樣子，絲毫不交代案情，他們就無法對常志定什麼罪。

更糟的是，現場除了常志，就只有摔死的那個女幹部了，沒有別的證人，沒有任何人知道房間內發生了什麼事，警方也找不到其他的證據，警方的偵查一下子陷入了僵局。

案子停在那裏，激怒了廣大的鄉民，正義得不到聲張，於是鄉民們再度紛紛在網上發帖，這次的矛頭轉向了海川市政府，質疑案子遲遲沒有結論，是因為海川市政府想要官官相護，包庇殺人凶手常志。

作為事件特別調查小組組長的穆廣受到了來自各方的壓力，成為眾矢之的。

他急忙把海川市公安局局長找了來，質問他爲什麼這麼久案子沒有進展。局長說是因爲常志不肯招認犯罪事實。

穆廣火了，說：「他不招認，你就一點辦法沒有了嗎？你這個公安局長是怎麼幹的？」

局長也知道這個案子上下都在關注，如果不解決，他也無法交代，可是常志現在在醫院，他也沒辦法採取其他的措施，只能苦笑著說：

「常志的傷還沒好，我們沒辦法將他收監，因此也無法嚴刑逼供什麼的。他不開口，我們暫時也束手無策，要不等他傷好了再說？」

穆廣越發惱火：「等他傷好了再說？你能等，我能等，省裏能等嗎？還是那些鄉民們能等？這個案子郭奎書記都在重點看著呢，再等下去，我看你這個公安局長不要幹了。」

局長苦惱地說：「那怎麼辦啊？我們總不能在醫院裏就對常志逼供吧？」

穆廣瞪了局長一眼，說：「我叫你想辦法，不是讓你對他刑訊逼供，你們這些人怎麼了，不刑訊逼供就不能查案子了是嗎？」

局長說：「這個案子很特殊，除了常志，沒有其他當事人了，不用特殊手段，我們還真是沒招了。」

穆廣罵說：「你的腦袋是幹什麼的？就不能往別的地方想一想？」

局長反問說：「穆副市長，您說往哪一方面想？」

穆廣說：「你就沒想一想，常志敢這麼囂張的叫女幹部去他房間，肯定不是第一次了，對吧？」

局長想了想說：「嗯，常志幹這種事應該是老手了，肯定不是第一次。」

穆廣指示說：「你從這方面去想一想，是不是就有辦法了？」

局長說：「這個我們想過了，可是常志不開口，我們還是無從下手啊。」

穆廣不滿地瞅了局長一眼，說：「你只想到常志身上，當然沒辦法了，你就沒想想別的人嗎？通常作為一個領導，誰最清楚他的私事啊？」

局長想想說：「應該是秘書吧。」

穆廣說：「對啊，常志既然不是第一次做這種事，那秘書是不是應該知道他的領導的一些問題啊？你把他的秘書找來，是不是就有突破口了？」

局長被點醒了，立刻說：「對，對，我馬上讓人把他的秘書叫來。」

局長就回去把常志的秘書傳喚到局裏。常志的秘書這些天在家裏一直在擔心著這件事情呢，那晚是他通知小周去常志房間的，果然東窗事發了。

局長這一次親自出面詢問秘書，這個案子他必須給外面的人一個交代，不然的話，他不只會被罵無能，還可能丟掉腦袋上的烏紗帽，因此不得不重視。

秘書被帶進詢問室之後，心中怕極了，一坐下來就說：「不關我的事啊，是常縣長讓我通知小周的。」

局長一看秘書這個樣子，就知道事情有門了，他一拍桌子，說：「你這時候還叫他常縣長，看來你們還真是關係不錯啊。」

秘書越發慌了，說：「不是，我們不是關係不錯，是我叫他常縣長習慣了。」

局長問：「他叫你叫那個小周，你就去叫啊？」

秘書苦笑說：「我也知道不對，可是他是我的領導，我不叫不行啊。」

局長追問道：「看這個樣子，這種事情你做過不止一次了？」

秘書低下了頭，說：「是不止一次，常縣長喜歡喝完酒叫女幹部去他房間談事情，每次他都是讓我幫他通知女幹部的。不過，我也就是負責通知而已，可沒做過其他的。」

局長又一拍桌子，說：「這還不夠啊，你還想做什麼？你這就是典型的幫兇。」

秘書差點哭出來，說：「警察同志，我沒有啊，他是領導，我不敢不替他通知啊。」

局長又問：「那你知不知道常志這種行為是不應該的？」

秘書再次低下了頭，說：「我知道了。」

局長說：「你知道了還不向有關部門反映？你這就是助紂為虐，知道嗎？」

秘書還想替自己辯護，說：「我知道我做錯了，可是……」

「沒什麼可是的，」局長打斷了秘書的話，說：「做錯了就是錯了，我現在給你一個自救的機會，就看你是不是老老實實的交代了。」

秘書連連點頭，說：「我一定老實向組織上交代的。」

局長說：「你跟常志的時間也不短了，他既然把叫女幹部去他房間這種事都交代你去做，肯定做什麼事情都不瞞你，現在，你把你知道常志幹過的不法行為一五一十給我交代出來。我告訴你，講的好，你就沒事，我們就放你回去；講的不好，你今天也別想走了。」

秘書點點頭，說：「我一定照實說。」

秘書就開始陳述他所知道的常志的那些不法行為，前後共提到了三十多個女幹部，局長聽了在心裏暗罵，常志這傢伙把雲山縣政府當成他的三宮六院了，三十多個女幹部?!幾乎是有點姿色的都被他睡過了。

這傳出去又將是一大醜聞，局長相信，雲山縣這下子很多女幹部的家裏都將雞飛狗跳了，一場家庭紛爭在所難免。

不過這對局長來說是不夠的，睡女人頂多是私生活不檢點，個人作風問題，對常志大不了是紀律處分，局長要的是能逼迫常志開口的犯罪行爲，只有掌握了常志犯罪行爲的證據，才能擊破常志的心防，讓常志親口承認那晚在房間是怎麼逼小周跳樓的。

局長便瞪了秘書一眼，說：「你說的這些我們都掌握了，你說點有分量的事。我不相信常志除了睡女人就不幹別的？」

秘書看了看局長說：「警察同志，你要問哪方面的事？提醒我一下好嗎？」

局長說：「好，我提醒你一下，死者的父母跟我們反映，常志當著他們的面說他有的是錢，大不了他賠點錢，你跟我說說，他這個底氣是從哪裡來的？爲什麼他會說他有的是錢？」

秘書說：「你說的是這個啊，常志跟我們縣裏的一些企業家走得很近，私下裏他們之間都有交易，不過具體他們的交易是怎麼樣的，常志都不讓我知道，所以我只知道錢應該是老闆們送給他的，但我無法說出詳情來。」

局長未免有些失望，如果能坐實常志有受賄行爲，就可以以此爲突破口，逼迫常志交代自己的罪行，偏偏秘書說他並不清楚內情，等於在秘書這兒又是白費勁了。

局長有些不甘心，看著秘書說：「不可能的，你跟了常志這麼長時間，怎麼會一次都沒看到過呢？」

秘書想了想，說：「要說看到的話，有一次我看到江立塞給常志一張卡，常志當時沒推辭就收了下來，卡裏有多少錢我並不清楚。」

局長心中一喜，有線索了，說：「這個江立是誰啊？」

秘書說：「是我們雲山縣最大的房地產商，他跟常志往來很密切，他那次是想讓常志幫他拿塊地。」

局長說：「那時間你還記得嗎？」

秘書說：「時間我倒記得。」

局長就記下了秘書說的時間，他已經有辦法對付常志了。

局長安排傳喚了江立，一來就說：「江立，你知道你犯了什麼罪嗎？」

常志一被抓，江立心就懸了起來，他跟常志之間有很多見不得人的交易，他十分害怕常志把他給咬出來。現在局長一開口就問他知不知道犯了什麼罪，他就明白完了，一定是常志把他給咬出來了。

江立膽怯的看了看局長，說：「我不知道啊，我怎麼了？」

局長看江立一副膽怯的樣子，就曉得這是個軟骨頭，肯定一嚇唬就會全盤招供了，他笑了笑說：「江立啊，我想你知道你做過什麼，我看你還是老老實實交代吧，不要等著我一一給你點出來，到那時候，你可就罪加一等了。」

江立偷眼看了看局長，強笑著說：「我沒做過什麼啊！」

局長笑了起來，說：「江立啊，你不要心存僥倖了，常志現在是什麼樣子，你又不是不清楚，你認爲他不會把你們之間的那些不法行爲說出來嗎？」

江立仍咬死不招，說：「我不知道你在說什麼，我跟常志並沒有什麼見不得人的交易。」

局長冷笑了一聲，說：「你真是不見棺材不落淚啊，我提醒你一下吧，某年某月某日，你跟常志在一起喝酒，商量拿地的事情，散席時，你塞了一張銀行卡給常志，怎麼樣？要不要我再把你們其他的交易也一一點出來啊？」

江立頓時面如土色，連聲說：「不用，不用，我招供，我招供。這些都是常志逼我做的，他勒索我向他行賄。」

江立就說出了整個行賄的過程以及每次行賄的金額。受賄者不但有常志，還有常志的老婆。

江立講完，局長鬆了口氣，他終於有足夠的證據可以將常志繩之以法了。局長就把獲得的突破彙報給穆廣，穆廣又向金達和張琳作了彙報，最後全案由海川市檢察院加入偵辦，和海川市公安局聯合辦案。

海川市檢察院和公安局搜查了常志的家，從常志家搜出了現金達五百多萬，還有不少貴重的物品，價值高達百萬。顯然這與常志夫婦的收入不符。

檢察院便將常志的妻子也一併收押，常志的妻子立刻承認了常志大量受賄的犯罪事實。至此，海川市警方和檢察院已經有足夠的證據可以將常志送進監獄了。

此時醫院裏的常志還被蒙在鼓裏呢，這些天海川警方也沒去打攪他，讓他安心地養病，他見海川市警方沒再找他，感到十分的高興，還以爲他不開口的策略見效了，海川警方拿他沒辦法了。

再次出現在常志病床前的，已經不僅僅是海川市刑警隊的員警了，還有海川市檢察院的檢察官，他們來詢問的也不僅僅是常志逼死女幹部的事，而是拿出證明他受賄的犯罪證據。

當一樣樣的證據擺到了常志面前，尤其是檢察官讀了他妻子招供的筆錄，常志的心房徹底崩潰，對自己的收賄行爲坦承不諱，更如實地交代了那天在房裡他是如何逼迫小周，以致她不小心墜樓身亡的情形。

然而，常志以爲這樣就行了，可是他錯了，警方和檢察院並不相信他已經全盤供出罪行，而是認爲常志說的都是他們早就掌握到的東西，高度懷疑常志還有沒交代出來的案子。

審訊人員繼續追問常志，這個時候的常志早已沒有絲毫頑抗的意識，他只想趕緊結束審訊，當審訊人員追問時，他開始回想起過去他犯的每一件案子，連雞毛蒜皮的事都說了出來。

審訊人員卻還不肯甘休，他們態度平和地說：「不止這些吧，你再想想，還有沒有別的沒說的？」

常志心裏發毛了，他實在想不起別的什麼啦，叫說：「真的沒有了，我能記起來的事都說了。」

審訊人員並不著急，耐著性子問：「你再好好想一想，也許還能想起點什麼來？」就在常志幾近崩潰的時候，腦海裏突然閃出一件事來，趕忙說道：

「對了，我想起來了，我還曾經偷偷寫過舉報信，誣告過海川市駐京辦的主任傅華。」

審訊人員沒想到真的又挖出一件新的犯罪事件，這讓他們很有成就感，便說：「快說，究竟是怎麼回事？」

常志說：「事情是這樣的，當時我和雲山縣的工作人員去北京，爲我們的大櫻桃節做招商推廣活動，期間就住在海川駐京辦的海川大廈。當時雲山縣一家紡織廠的廠長女兒爲了她父親的事去海川大廈找我，我那時因爲喝了點酒，對廠長的女兒就有了些不禮貌的行爲，廠長的女兒跑出了房間，我追出去時剛好碰到傅華……」

常志又說了他迫於傅華告訴他方蘇家裏人握有行賄的錄音，不得不退還方蘇家向他行賄的錢，將方蘇父親的工廠發還了。事情結束後，他因爲不滿拿不到當事人的錄音，就向市領導發送對傅華的舉報信。

沒想到竟會意外查到一個案外案來，局長趕緊去向穆廣彙報調查情形。

穆廣一聽常志誣告傅華的事，眼睛立時一下子亮了起來，他說：「你把這段再說一遍，他是怎麼誣告傅華的？」

盡釋前嫌

傅華笑了笑說：「兩位怎麼一起來了？」
劉康解釋著說：「我閒著沒事到蘇董那裏坐一坐，蘇董提議中午在你這兒吃飯，他說你這裏的海鮮很新鮮，所以我們就一起過來了。」
傅華開玩笑說：「兩位倒是盡釋前嫌啊。」

北京，海川大廈。

臨近中午，劉康和蘇南一起來到了傅華的辦公室。傅華有趣的看了看兩人，誰知道沒多久以前，這兩個人還是競爭對手，爲了爭奪海川新機場項目而各施手段，鬥得你死我活呢？

傅華笑了笑說：「兩位怎麼一起來了？」

劉康解釋著說：「我閒著沒事到蘇董那裏坐一坐，蘇董提議中午在你這兒吃飯，他說你這裏的海鮮很新鮮，所以我們就一起過來了。」

傅華開玩笑說：「兩位倒是盡釋前嫌啊。」

蘇南笑笑說：「是啊，想想以前在海川跟劉董爭項目，都覺得好笑。早知道現在我們能走到一起來，當初又何必那麼互不相讓呢？我們倆的爭奪，最後只是便宜了徐正，被徐正利用對我們予取予奪。」

劉康也嘆說：「是啊，我雖然是贏了，可是最後反而是得不償失，倒不如當初跟蘇董合作，一起搞新機場這個項目。」

傅華笑了起來，說：「劉董啊，就算你當初真的這麼想，恐怕徐正也不會讓你們這麼做的，他一定會挑起你們的競爭，然後讓你們價高者得的。」

蘇南說：「是啊，當時沒得標之前，徐正一直跟我們兩家都保持接觸，現在想想，

他就是想讓我們鷸蚌相爭，他好漁翁得利。」

劉康忿忿地說：「媽的，想想確實是這樣子啊。我感覺現在這社會真是風氣壞了，這些官員們都把掌控的項目當成他們私有的，只要經手，就想從中謀取自己的好處。這些人啊，也不知道他們是怎麼想的。」

蘇南笑說：「劉董，你不要感覺奇怪，其實你認真分析一下整個官僚體系的思維模式，你就不會有這種疑問了。」

傅華打趣說：「蘇董還專門分析過官僚體系的思維模式嗎？」

蘇南笑笑說：「我倒沒那麼閒，我是一次去曉菲的四合院閒坐，在聊天時，有一個學者發表了一通高論，我聽了聽，覺得這個學者說的還真是有道理。」

傅華好奇地問：「那些學者能說出什麼來啊？」

蘇南說：「你不要認為每個到曉菲那裏去的專家學者都只會誇誇其談，她那裏也有真才實學的知識分子出現的。誒，對了，傅華，你好像很久都沒出現在曉菲那裏了，怎麼了，我記得以前你挺常去那兒的，是不是對曉菲有什麼不滿啊？」

傅華笑笑說：「南哥真是貴人多忘事啊，前些日子我不是還跟你在那裏見過面嗎？」

蘇南說：「那是我約你，你才去的。這麼一說起來，你和曉菲還真是有些不對勁啊，曉菲現在也很少提起你，以前每次見面她都會問你的情況的，你們是怎麼啦，是不是對彼此有了什麼意見？」

劉康在一旁聽了，問說：「這個曉菲是男的還是女的？」

蘇南說：「是女的。」

劉康一副瞭然於心地說：「是個女的，那我知道她跟傅華為什麼互不理睬了，肯定是他們之間有些曖昧，現在傅華新娶了老婆，不得不冷落這個曉菲，兩個人的曖昧無法繼續，那個曉菲自然是不高興再提起傅華了。」

傅華在一旁聽得是心驚肉跳，他和曉菲之間的事情，是瞞著蘇南的，可不想被劉康拆穿，趕忙說：「劉董，沒想到你還有編故事的本事啊，事情哪裡是像你所說的這個樣子啊！」

劉康用銳利的眼神掃了傅華一下，笑說：「你心慌了，被我說中了是吧？」

蘇南也用懷疑的眼神看了看傅華，說：「傅華，你不會跟曉菲真的有什麼事瞞著我吧？」

傅華趕忙說：「南哥，你怎麼也跟劉董一個口吻啊？」

劉康笑笑說：「男女之間鬧彆扭，除了因為感情，不會再有別的了，蘇董這是贊同我的看法了。」

傅華急了，說：「劉董，你可別瞎說，曉菲跟我和南哥都是好朋友，我最近忙著結婚，可能冷落了曉菲這個朋友，這很正常啊，我有了新婚的妻子，再去跟一個女性朋友走得很近，怎麼說也不太合適吧？」

蘇南點點頭，說：「傅華說的也有道理，他現在是新婚，跟妻子感情正好著呢，這時候是不適合跟曉菲走得太近。」

總算解釋了過去，傅華心中鬆了口氣，他看了看蘇南，說：「你不是正好要說那個學者的什麼觀點嗎？我還想好好聽一下是什麼真知灼見呢？」

蘇南笑了起來，說：「你看我這腦子，把話題岔出去就不知道再收回來了。那個學者是這樣子講的。他說，他經過一段時間的研究發現，從古到今，中國的官僚體系一直是個很奇特的群體，雖然他們也是官員，也是經過一定程序選出來的，可是跟西方的文官體系完全是兩種概念。」

按照蘇南所講的，這個學者在經過認真的分析後，得出了一個中國官僚體系的基本思維模式和行為特徵，就是徹底混淆了公和私的界限。對他們來講，公就是私，私就是公，它們是公私不分的，這也就解釋了為什麼很多官員會把手中的權力視為私有的財產。

劉康不以為然地說：「這個學者的說法有點太絕對了吧？他是怎麼研究出這麼一個

荒謬的理論的？」

蘇南搖搖頭，說：「劉董，你聽我講完他得出這個結論的依據，就不會認爲他這個論點是荒謬的了。那個學者認爲，我們的官僚體系會有這樣子的思維，是沿承了中國幾千年的封建傳統形成的。在中國幾千年的封建思想和文化中，國和家從來都是一體的，可以說，國實際上就是某一個人的家天下。儒家又爲這個家天下建立了一套嚴密的思想體系，這種傳統一直沿襲到清末。大清帝國被推翻之後，中國人並沒有像西方一樣經過一場徹底的啓蒙運動，他們對民主的思想並不完全瞭解，只是似是而非的拿了過來，骨子裏的封建想法並沒有被清除掉。因而國和家的概念就徹底混爲了一談。」

傅華點點頭，這個學者的觀點倒是對的，五四運動的時候，辜鴻銘就曾一針見血的指出，他的辮子是在頭上，而諸君的辮子是在心裏。因而說：

「這點西方就比我們好得多，明確的劃分了公私的界限。可惜我們的官員們到現在還有不少以公權力的名義侵犯私權的例子。」

蘇南說：「對啊，現在一些強制拆遷就是這個樣子。那些官員們雖然打著城市建設的旗號，骨子裏其實還是爲了自己的政績。這就是一種權力私有化的表現，他們以爲靠手中的權力就可以爲所欲爲，甚至可以凌駕於法律之上。」

傅華笑笑說：「不過這個社會整體上已經有在進步了，官員爲所欲爲的時代就要過去了。」

劉康說：「可是就我和蘇董這些商人的感受來說，官員不法的行徑還是大量存在的。」

傅華說：「那只是說明我們的官員還有很大的改善空間。」

蘇南看了看表，說：「劉董啊，你別跟傅華爭了，我們是來吃飯的，可不是跟他來吵架的。」

劉康聽了，笑說：「好啦，我們下去吧。」

三人就下去海川風味餐館。

餐館裏有剛運到新鮮的魚，傅華就讓廚房蒸了一條，又點了些海味，劉康堅持要喝二鍋頭，蘇南不習慣喝這麼烈的酒，就另外開了瓶紅酒，讓傅華陪劉康喝二鍋頭。

席間，劉康聊道：「傅華，你們海川最近很熱鬧啊。」

傅華說：「我知道，雲山縣一個縣長逼死了女幹部，你是不是又要抨擊我們這些官員了？」

劉康笑笑說：「那倒不是，我聽說這個案子是穆廣在主持調查，是嗎？」

傅華點點頭，說：「劉董資訊真是靈通，確實是穆廣在做這個工作。怎麼了？」

劉康說：「我是想問你，穆廣最近對你有什麼動作嗎？你不知道，我上次從海川回來，心一直無法放下來，這個穆廣是個危險的人物，我總覺得他不對你做點什麼，是不會善罷甘休的。」

傅華不以為意地說：「劉董，你提醒過我一回了。」

劉康說：「我知道，可是我覺得你並沒有當回事情。你不明白我對穆廣的感受。」

蘇南問說：「劉董對這個人是什麼感受啊，說出來聽一聽？」

劉康看了看蘇南，說：「蘇董，你能告訴我，你當初對我這個人是什麼樣的感受嗎？」

蘇南笑了起來，說：「那時候我聽過劉董很多的傳說，都說劉董做事不擇手段，是一個很可怕的人。現在跟你熟了之後，感覺就很不同了，覺得某些方面你是可以親近的一個朋友。」

劉康笑說：「那是我現在心境變了很多的緣故，其實我們剛認識的時候，我自己都認為我給人一種可怕的感覺，我也很享受這種感覺。我對穆廣，就感覺他跟當初的我是同類的人，甚至這個人的心機比我還陰沉，行事風格比我還毒辣。這就是我要再三提醒傅華的原因，希望引起他的重視。」

傅華一派輕鬆地說：「劉董，你太高看穆廣這個人了，我跟他也不只鬥了一兩次了，他什麼伎倆都使出來過，還不是對我莫可奈何？放心吧，我也不是可以任人擺佈的人。」

蘇南在一旁也說：「是啊，劉董，我想傅華會有能力應付的。」

劉康搖搖頭，說：「叫我怎麼說你們才明白呢？穆廣這種人就是一條惡狼，他在暗處虎視眈眈看著傅華，想要伺機而噬。現在他之所以還沒得手，是因爲傅華還沒被他抓到把柄。這種被人窺視的感覺是最可怕的，它讓你一點都不敢犯錯。但是傅華你不是聖人，總是會有這樣或者那樣子的錯誤的。」

傅華笑笑說：「劉董啊，這你放心，我這個人很有原則的，不會犯錯給穆廣抓的。」

劉康搖了搖頭，說：「你敢說你就一點錯就不犯？」

傅華很有自信地說：「起碼到現在我還沒犯過什麼錯誤。」

劉康看了看傅華，說：「你就這麼有自信？」

傅華點點頭，「我自問沒犯什麼錯誤。」

劉康冷笑說：「傅華啊，你是不是自我感覺太良好了點？是人都會犯錯的。我就知道你犯過錯。」

傅華愣了一下，他以爲劉康是在說他跟吳雯有什麼曖昧的情事，便笑笑說：「劉董，我和吳雯之間是清白的，其他方面，我還真不知道犯過什麼錯誤。」

劉康說：「我不是說吳雯，吳雯跟你之間確實是沒什麼。」

傅華笑說：「那就不會再有什麼犯錯的地方啦。」

劉康說：「如果我能說出來呢？」

傅華坦蕩蕩地說：「好啊，如果你真的知道我犯過什麼錯，你說啊，只要是我做過的，我一定承認。」

劉康說：「這可是你要我說的。傅華，你老實交代，你跟那個曉菲是什麼時候上床的，是不是在你跟趙婷離婚之前？」

傅華的臉騰地一下紅了，他沒想到劉康眼睛竟這麼銳利。

一旁的蘇南愣了一下，有些不高興的說：「傅華，是真的嗎？」

傅華不好意思的說：「南哥，對不起啊，這件事我們一直沒跟您講，我和曉菲的事情很複雜，不過我們結束很久了。」

蘇南說：「這麼說，劉董說的是真的了？你們倆個啊，真是會瞞啊。」

傅華小心的看了看蘇南說：「南哥，您生氣啦？其實我也不想發生這樣的事的，可是偏偏情難自禁就發生了。」

蘇南攤了攤手，說：「好了，我不是要怪你們，男女的事情本來就很難說得清楚，我只是覺得你們兩個演技太好了，竟然在我面前裝得跟沒事人一樣。」

蘇南又轉頭對劉康說：「劉董，還是您老道，怎麼一眼就看出傅華跟曉菲之間有問題呢？」

劉康笑說：「其實很簡單，我注意到傅華一聽到曉菲，神情就有些異樣，那種異樣只有在有過什麼的男女之間才會出現，加上他立刻就想把話題轉開，我就越發確信了。」

蘇南又問：「那您怎麼看出來他們是在傅華沒離婚前就上床了呢？」

劉康說：「這也很簡單，他們倆的事，蘇董是被蒙在鼓裏的，可見他們的戀情是見不得人的，那樣就只有一種情況了，就是傅華還在婚姻狀態中。」

傅華苦笑地說：「劉董啊，我真是服了您了，您真是人老成精，這你也看得出來？」

劉康笑笑說：「傅華，你別惱怒我拆穿你，我說出這件事，其實是爲了提醒你，有些事可能你做錯了而不自知，因爲人是一種善忘的動物，特別是在自己做錯了的時候。」

傅華點點頭，說：「我記住劉董的話了，我會好好想想我究竟做錯了什麼沒有。」

蘇南看了看傅華，不解地說：「傅華，我有一點不明白，既然你跟曉菲早就有那種關係了，你跟趙婷離婚後，爲什麼沒跟曉菲在一起？是不是你玩膩她了？」

傅華叫屈道：「南哥，我是那麼不負責任的人嗎？其實我是被動的那個，這件事，要開始的是曉菲，要結束的也是曉菲。我跟趙婷離婚後找過曉菲，說要跟她在一起，可是被她拒絕了。說句不好聽的話，我覺得我才是那個被玩膩了的人。」

蘇南笑說：「難怪後來你都不去四合院了呢。這件事就不說了，劉董提醒你提醒的很對，老話說，不怕賊偷，就怕賊惦記，現在你被穆廣惦記上了，所以你還是打起十二分的小心吧。」

傅華說：「我明白。」

三人就轉而聊些別的輕鬆話題了，劉康今天心情不錯，喝起酒來也爽快，傅華不得不多陪了他幾杯，結束時，劉康和蘇南都沒什麼，傅華卻有些醉意了。

送走劉康和蘇南之後，傅華醉意難當，頭暈得難受，吐也吐不出來，知道下午沒法回辦公室辦公了，就打個電話給羅雨，說下午要請假休息，有什麼事情讓羅雨盯著些，然後在海川大廈開了一個房間，躺倒在床上就睡著了。

一會兒，傅華感覺有人在拍他的肩膀，那人說：「傅華，醒醒，醒醒。」

傅華睜開了眼睛，腦袋頓時嗡地一聲，渾身的汗毛都豎了起來，眼前的人竟然是海川前市長徐正。

徐正不是死了嗎，怎麼會突然出現在自己面前呢？

傅華結結巴巴的說：「徐市長，您，您……」

徐正笑說：「你是想說我死了是吧？沒有啊，你看我不是好好的嗎？」

傅華問說：「不對啊，我記得你在出國考察的途中暴斃死了，怎麼會沒死呢？」

徐正說：「你記錯了。哦，我知道了，你剛才跟劉康酒喝多了，才會腦子這麼混亂的。」

傅華確實感覺腦袋暈暈的，就說：「是啊，我是喝多了些，我的頭好暈啊。徐市長，你來找我有事嗎？」

徐正笑笑說：「傅華啊，你應該知道我找你幹什麼的？」

傅華愣了一下，說：「我不知道啊。」

徐正看著傅華的眼睛，說：「別裝了，劉康現在跟你和好了，我可沒有，你當我不知道你還收著吳雯偷錄的視頻嗎？你想幹什麼，準備舉報我嗎？還是你沒原諒劉康，準備把我們一鍋端了？」

傅華驚訝的叫了起來：「你怎麼知道我有這份視頻的？這件事情只有我和我岳父知道而已。」

徐正笑了起來，說：「我就是知道了，傅華啊，你別以爲自己聰明，其實你自始至終都是我手下敗將，吳雯死了，你也差點被劉康弄死，跟我鬥？你還差一點。你老實跟我說，你究竟拿著那份視頻準備做什麼？」

傅華冷冷的看了徐正一眼，說：「我拿它幹什麼？當然是為了對付你了，劉康現在都改做好人了，你還死不悔改……」

說到這裏，傅華忽然意識到徐正確實是死了，當時自己還到機場接過他的骨灰的。他看著徐正，說：「不對，你確實已經死了。」

徐正笑說：「你想起來了，不過，我就是死了，也能整死你的。」

徐正說著，撲過來就去掐傅華的脖子，傅華頓時感到一陣窒息，他用力去掰徐正的胳膊，沒想到徐正的胳膊像鐵箍一樣，他怎麼用力也掰不開，他越來越喘不過氣來，啊的大叫一聲，就死了過去。

傅華睜開眼睛，眼前白茫茫的一片，地獄裡會這麼明亮嗎？不對，這裏好像是海川大廈的房間啊？傅華用力的晃了晃腦袋，這才想起自己是中午跟劉康和蘇南喝完酒到這裏休息的。

傅華坐了起來，給自己倒了杯水，頭腦清醒了些。

他心中詫異自己為什麼會夢到徐正，還有徐正為什麼會提到那份視頻呢？這個夢在預示著什麼嗎？還是因為自己也不知道該拿這份視頻做什麼，夢中才會有這種反應？

隨著跟劉康走得越來越近，傅華越發感覺手中的這份視頻不知道該怎麼處理了，其實吳雯當初也有不對的地方，她既然接受了跟徐正之間的交易，卻又弄出這份視頻來威脅徐正和劉康，顯然跟劉康和許正一樣是不正當的。

不過這也是非常時期的一種非常手段，吳雯爲了保護自己，採取這種手法也無可厚非，換成自己也會這麼做的。

想到這兒，傅華一下子呆住了，忽然想起曾經爲了幫方蘇而向常志編造了錄音的事。現在常志被抓了，他會不會把這件事也交代出來呢？如果常志說了出來，那穆廣會不會在這上面大作文章呢？

自己真是大意，怎麼竟然忘記了這件事呢，這件事情如果弄不好，可是個麻煩啊。

傅華相信穆廣肯定不會放過整他的這個大好機會，他一定會抓住這件事不放的。

傅華頭上冒汗了，危險迫在眉睫，而他卻毫無察覺，難怪劉康說自己自我感覺太好了點。

事情緊急，傅華趕緊抓起電話打給方蘇。

方蘇很快就接通了，說：「傅哥，你不夠意思啊，結婚都不請我。」

傅華知道事情很緊急，想馬上就知道方山是什麼狀況，就說：「方蘇啊，先別說這個了，你父親現在在哪裡？他沒出什麼事吧？」

方蘇愣了一下，說：「我父親回雲山縣了，他走的時候不是打過電話給你嗎？」

傅華說：「哦，他是打過電話，他現在在雲山嗎？沒發生什麼事情吧？」

方蘇笑笑說：「挺好的，我昨天還跟他通過電話呢。怎麼了，傅哥？」

傅華說：「是這樣子，我剛剛想起來，常志不是被抓了嗎？」

方蘇說：「對啊，我知道這件事後很高興，他這是惡有惡報。」

傅華提醒說：「我跟你說，常志被抓，很可能會把我當初騙他的事說出來，你現在趕緊打電話回去，告訴你父親小心提防。」

方蘇納悶地說：「那件事我覺得傅哥你沒做錯什麼啊？工廠本來就是我們家的，還給我們也很正常啊？」

傅華急說：「你不懂的，這件事如果讓別有用心的人來處理，就是一件很大的麻煩。你趕緊打電話給你父親吧，告訴他千萬不要承認有這件事，最好你聯繫上他後，給我一個電話。」

方蘇一聽會出大事，忙說：「好的，我馬上就打電話回去。」

傅華說：「打完電話後，你再告訴我那邊的情況。」

方蘇答應了：「好的。」

傅華放下了電話，他這時再也沒心思休息了，就洗了把臉，去了辦公室。

剛到辦公室，手機就響了起來，看看是方蘇的號碼，趕緊接通，問道：「怎麼樣，你父親沒事吧？」

方蘇聲音顫抖地說：「傅哥，你在哪裡啊？」

傅華一聽聲音就知道壞了，方山一定是出事了，便說：「我在駐京辦的辦公室。怎麼了，你父親出什麼事情了嗎？」

方蘇聲音裏帶著恐懼，說：「你等一下，有些事電話裏說不方便，我過去當面跟你講。」

傅華焦躁的在辦公室踱來踱去，他知道麻煩找上門來了。

過了十幾分鐘，方蘇門也沒敲，就匆匆闖進了傅華的辦公室，關上門之後，就說：「傅哥，我爸爸被海川警方給帶走了。」

傅華說：「什麼時候的事？」

方蘇說：「就我打電話過去的時候。」

傅華急問：「那我讓你跟他說的話你說了嗎？」

方蘇說：「沒有啊，我打電話去的時候，警方正要把他帶走，沒讓他接電話，是我媽接的電話，她把狀況告訴我的。」

傅華的心一下子沉了下去，穆廣果然衝著方山下手了，現在事情朝著越來越複雜的方向發展了。現在方山毫無防備，一定會把事情全盤說出來的，這樣子的話，他還真是不好解釋清楚了。

方蘇看傅華半天不說話，知道事情很嚴重，她說：「傅哥，是不是會給你帶來什麼麻煩啊？」

傅華點點頭，說：「這件事情可大可小，比較麻煩的是，這件事是我一個死對頭在處理，他肯定會抓住這次機會整死我的。現在的關鍵就是你爸爸在裏面會說些什麼。」

方蘇說：「我想我爸爸不會把事情往你身上說的，我們一家都很感激你當初那麼幫我們，我媽媽剛才還讓我跟你說，叫你放心，我們方家人是有擔當的，她覺得我父親一定會把責任承擔起來，絕對不會讓你受牽連的。」

傅華苦笑了一下，說：「這才是我最擔心的，其實最好的辦法是你父親什麼都說不知道，他什麼都不知道的話，警方就無法追究他的責任。」

方蘇說：「可是那樣子責任不就要由你來承擔了嗎？」

傅華說：「你以爲我會傻到承認騙了常志嗎？我也不會承認的，事情沒有證據，警方也拿我們沒什麼辦法的。可是如果你父親把事情攬上身，就是說明了有這件事，我們的說法又兜不起來，就很難解釋了。」

聽到傅華的話，原本就很擔心父親的狀況，又怕父親可能牽連到傅華，方蘇心中一點主張都沒有，急得都快哭了，說：「那怎麼辦啊？」

事情到了這個地步，傅華心中也沒有了主張，不過他知道越是這種時候越是不能急，越急越容易出亂子，就強笑了一下，說：「方蘇，你先別急，事情已經這個樣子了，急也沒用，我們總能想出解決辦法的。」

方蘇垂頭喪氣地說：「這時候還能有什麼辦法啊？我爸被抓了起來，我們又見不到他，根本就不能跟他說什麼，我們還有什麼辦法啊？」

傅華想了想說：「對了，警方有沒有告訴你媽，你父親涉嫌什麼罪名？」

方蘇說：「我媽說，警方告訴她，我爸是涉嫌敲詐和侵佔國有資產。」

傅華最擔心的就是這個，如果判定方山侵佔國有資產，那就說明警方認爲當初常志交還方山紡織廠是錯誤的，那方山的罪狀就會更嚴重。因爲從證據來看，是方山利用錄音敲詐常志，把不該發還的國有資產發還給了方山，嚴重損害了國家的利益。

方山的罪行不但構成，還相當嚴重。而傅華作爲事件中的一分子，必須要承擔起一定的罪責來。

好惡毒的穆廣啊，他一出手就打到了傅華最脆弱的地方。

傅華知道自己應該做最壞的打算，如果真的被偵查，他要如何應對呢？是實話實說，承認整件事都是他操弄出來的，跟方山無關；還是索性否認到底，根本就不承認自己跟常志說過什麼呢？

想了半天，傅華覺得不論承認或否認，都無法讓這件事得到完美地解決。承認的話，表面上看似乎可以幫方山擺脫罪嫌，可實際上卻不是這個樣子。自己罪責的成立必須基於方山侵佔國有資產的罪責是成立的，也就是說，方山如果沒事的話，自己也是沒事的，頂多被說是行爲不當。所以穆廣一定不會讓方山洗脫罪名的。

但是如果否認的話，方山很有可能把罪責全攬到自己身上去，那樣，他作爲方家和常志之間的仲介也是無法回避的，如果全盤否認，反而會有欲蓋彌彰之嫌。

傅華左右爲難，心中暗自埋怨自己太大意，常志出事之後，他還和方山通過電話，那時候怎麼就沒想到要事先商量好如何應對呢？

再是，方山是因爲穆廣要報復他，受自己牽連才被翻案的，可是自己現在自顧尚且不暇，又哪裡有辦法救方山呢？

傅華頭大了，一時難以拿出什麼主張來，只好看看方蘇，說：「方蘇，你先回去吧，你爸爸的事情我會想辦法的。」

方蘇點點頭，說：「那好，我等你消息。」

方蘇離開後，傅華在辦公室想了半天，還是沒有頭緒，就撥了趙凱的電話。

這時候，他很想跟趙凱商量一下，每每在關鍵的時候，趙凱的睿智總是能幫他找到解決問題的路子。

趙凱接通了電話，傅華說：「爸爸，你現在在哪裡，我有點急事要跟你商量。」

趙凱說：「我正準備去跟一個客戶吃飯呢，什麼事情啊，不能等我吃完飯再商量嗎？」

傅華知道時間很緊迫，一旦穆廣對自己採取行動，他很可能就會失去人身自由，等於是人家砧板上的肉，要任穆廣宰割了，這可是等不得的，便說：「是一件很嚴重的事，電話裏說不方便。」

趙凱感受到傅華語氣的急迫，傅華很少用這種語氣跟他談事情，知道事態恐怕真是很嚴重，便說：「那我把約會改期吧，反正我跟那個客戶很熟了，這點交情還是有的。你回家來吧，我們見面談。」

傅華就回趙凱家，趙凱看見傅華，便問道：「究竟是怎麼回事啊？」

傅華講了當初爲了幫方蘇而欺騙常志的事情，現在方山被抓，自己很可能被牽連進去。

趙凱聽完，瞪了傅華一眼，說：「傅華，你要救方山，方法多的是，怎麼會用這種見不得人的辦法呢？你現在怎麼回事啊，怎麼老喜歡用這種走捷徑的方式？」

傅華低下了頭，說：「爸爸，我知道自己錯了，上次你批評我找私家偵探的時候，我就意識到了這一點，不過那時候，我已經做了這件事情。」

趙凱搖搖頭說：「你呀，叫我說什麼好呢？是不是你還覺得自己很聰明，把事情處理得很好啊？」

傅華尷尬的說：「被您說中了，我當時真是這麼認爲的，誰想到會有今天這種後患呢？」

趙凱看了看傅華，他知道事已至此，埋怨傅華也沒什麼用，便說：「你現在是怎麼打算呢？」

傅華講了自己對承認或者否認兩個方案的想法，問趙凱哪一個方案比較好？

趙凱聽了說：「哪一個都不是太好，我覺得你先不要想太多，先考慮保全自己才對。只有保全了自己，你才能設法去救方山，如果你們倆都進去了，誰能在外面解決這個問題啊？」

傅華說：「那我該否認這件事情？」

趙凱凝重地說：「我覺得也不能完全否認，你好好想一想，當時你是怎麼跟常志講這件事情的。」

傅華認真地回想了一下，告訴了趙凱當時他對常志說的話。

趙凱聽完，想了一下，然後說：「這樣子聽起來問題似乎不太大，你也就是把自己聽到的一些無法證實的事跟常志說而已，並沒有要求他做什麼或者不做什麼。我覺得不如這樣，你就承認出於好意提醒過常志，希望常志的行爲檢點一點，至於常志和方山之間的問題，根本就是常志爲了掩飾他的罪行不被暴露而做的，與你無關。」

傅華說：「這樣說似乎還行，不過，會不會被人認爲我知道了常志的罪行卻不揭露，是在包庇他呢？」

趙凱說：「這很好解釋啊，你根本就沒確鑿的證據，怎麼去揭露啊？」

傅華說：「這倒也是。」

趙凱又說：「不過，你也不能就這麼坐等著人家找上門來，我覺得你應該主動一些，等人家找上門來，你就被動了。」

傅華問：「那我要怎麼主動呢？」

趙凱想了想，說：「我覺得你應該跟你的領導主動彙報，爭取讓他們贊同你的做法；就算他們不贊同，起碼要讓他們覺得你的行爲不是一種犯罪行爲。」

傅華問：「那跟誰講比較合適呢？是市長還是市委書記？」

趙凱說：「你現在跟這兩個人的關係，哪一個比較好一點？」

傅華說：「算都不錯，不過，我跟金達關係更近一些。」

趙凱說：「那就先跟金達講，看看他的意思，再來決定是否要跟市委書記彙報這件事情。」

傅華有些擔心地說：「金達這個人很講原則，如果他認爲我這種行爲構成了犯罪，非要讓司法部門處理怎麼辦？」

趙凱心中也不敢確保金達一定會怎麼樣來對待傅華，如果金達真那麼認爲，很可能彙報之後，傅華就會被收押，失去人身自由了。

這是一個很大的風險，可是如果不彙報，金達是從穆廣那裏得知事情的狀況，可能會更惱怒，更別說穆廣很可能告訴金達的並不是事實，而是故意誣陷傅華，那樣傅華就更被動了。

趙凱考慮之後說：「是有這種風險，可是這個風險你必須得冒，你一定要趕在穆廣跟你們市長彙報之前報告，這樣才能避免讓穆廣先入爲主。反之，如果你說服了金達，金達就會在這次事件中維護你，你就不會有什麼事了。你自己好好想想吧。」

傅華認真權衡了一番，覺得趙凱說的很有道理，再說，這件事金達遲早總會知道的，自己告訴他總比穆廣告訴他要好。

傅華便說：「爸爸，你說的很有道理，我馬上就向金達市長彙報。」

傅華就拿出手機要撥給金達，趙凱把他的手按了下來，說：「你先別急，先想好跟

金達怎麼說再打。我覺得你可以把事情的經過講給他聽，但是涉及到那份證據的部分，就盡可能含糊，明白嗎？」

傅華點點頭說：「我明白了。」

趙凱又說：「再是，你打算怎麼解決方山的問題？」

傅華說：「這個我還沒想到呢，我先跟金達彙報了再來考慮這個問題吧。我怕再拖下去，穆廣搶先一步跟金達作了彙報。」

趙凱搖搖頭，說：「穆廣不會這麼快動作的，他剛剛抓了方山，我估計他是打算先拿到方山的口供，坐實你犯罪的證據，再向你動手的。他知道你在你們市長那兒的分量，沒有一定的證據，他是無法說動你們市長對你採取措施的。我覺得你還是應該先考慮方山的問題，方山侵佔國有資產這個問題是整個案子的基礎，如果你能把這個基礎給否定了，案子就不能成立了。這樣你跟金達彙報的時候，才有立場。」

傅華說：「我當初幫方山處理這件事時，也問過他侵佔國有資產這條罪行是否成立，基本上，他的紡織廠只是掛了個國有的名義，實際上並沒有國有投資在裏面，有關方面是傾向於認定這種企業是私有企業的。」

趙凱說：「那你要把這個看法告訴金達，爭取他能夠支持你。」

傅華點點頭，說：「我知道了。」

傅華再次撥了電話給金達，金達很快就接通了，說：「傅華，找我有事啊？」

傅華說：「有件事我需要跟金市長您彙報一下。」

金達問：「什麼事啊？」

傅華先主動認錯說：「前段時間我做了件冒失的事情，現在想想，我很可能做錯了。」

金達笑說：「傅華啊，你也會做冒失的事情嗎？快說說，我很想聽一下。」

傅華就講了事情的經過，金達聽完半天沒說話，傅華有些心裏發虛，說：「金市長，我這件事確實做得很不應該。」

金達說：「傅華啊，這不是應不應該的問題，而是你是站在什麼立場上做這件事情的？」

金達的語氣很重，傅華心沉了下去，說：「對不起啊，金市長，我當時可能考慮的太簡單了。」

金達說：「什麼考慮簡單啊，你知道了常志違法亂紀的行爲，爲什麼不向組織上揭發他呢？」

傅華說：「我當時並沒有什麼真憑實據，不好揭發。再說，常志能熬到縣長這個位置不容易，我是從愛護同志的角度出發，想從側面提醒他一下。」

金達說：「什麼叫沒真憑實據啊？方家不是說有證據嗎？」

傅華說：「他們只是在我面前說過，我也不知道真有假有。」

金達教訓說：「你這是在包庇常志的不法行爲，你知道嗎？正是因爲你沒及時的揭發常志，才會讓常志越發囂張，才會導致上次女幹部跳樓的事件發生，你對那個被逼死的女幹部是有間接責任的。」

傅華背上直冒冷汗，金達這個態度完全出乎傅華的意料之外，他沒想到金達會把這件事情引申到前幾天發生的女幹部跳樓的事上面去。

不過想想，也確實是有道理，如果當時自己就揭發了常志，常志的縣長可能就無法做下去了，最起碼行爲會收斂一些，不會猖狂到酒後非禮女幹部的程度。

傅華低聲說：「對不起，我真的沒想到事情會這個樣子。」

金達說：「你這個同志啊，什麼時候能收起你的這種好人主義呢？你以爲你提醒常志，常志這次的罪行掩飾了過去，他就不會再犯了嗎？」

傅華苦笑了一下，說：「我錯了。」

第四章

見獵心喜

穆廣馬上就意識到整傅華的機會來了。
長久以來，穆廣之所以拿傅華老是沒有辦法，
就是因為傅華這個人向來做事謹慎，沒有什麼把柄可以給穆廣抓的。
現在這顆看似無縫的蛋突然露出了莫大的裂紋，穆廣怎麼不見獵心喜呢？

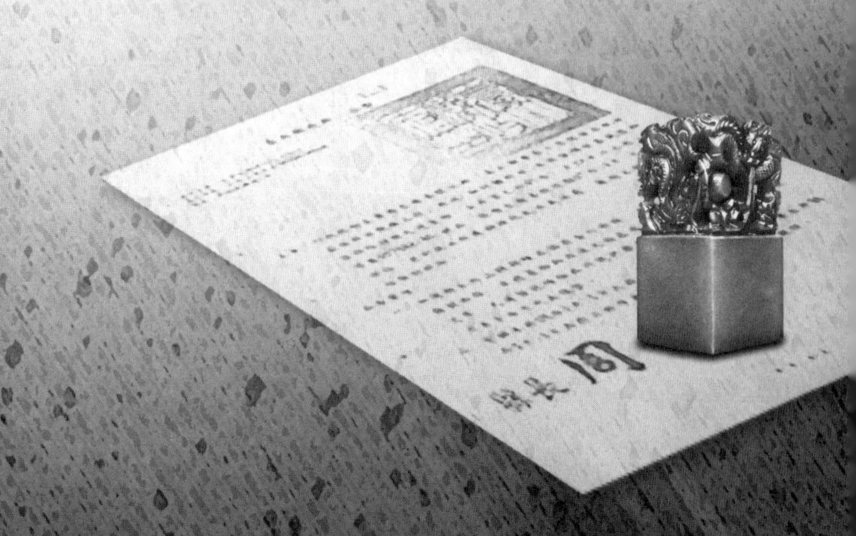

傅華雖然承認錯了，可是心情多少放鬆了下來，起碼金達把他這種行爲歸結爲對待同志的好人主義，並沒有把它想成是犯罪行爲。

金達也不願意讓傅華因爲這件事受什麼懲罰，他心中大致明白傅華是出於一種什麼樣的心情來幫助方家的，但是這件事情是發生在官場上，金達就不得不多考慮一下了，他責備傅華，實際上也是爲了愛護傅華，他把這件事情歸結爲是傅華的好人主義，也是在變相的提醒傅華，要想辦法把事情定性爲一種違紀的行爲，而非違法的行爲，這樣子市裏面在處分這件事情上，就有了很多的彈性。

金達問道：「傅華，你當初有沒有瞭解一下，方山的行爲是否真的構成侵佔國有資產啊？」

傅華說：「我透過司法部門的朋友瞭解過，像方山這樣，嚴格講起來應該不構成侵佔國有資產的。金市長，這件事您能否幫方山主持一下公道啊？」

金達想了想說：「這件事情由我來處理不太好。你跟張書記講沒講過這件事情？」

金達倒不是不想幫傅華，不過他是有顧慮的，他跟傅華關係密切，海川政壇很多人都知道，如果由他出面來幫方山主持公道，會讓人有一種他在偏袒傅華的感覺，這不但不利於事情的解決，反而會使事情更往相反的方向發展。

傅華回說：「這件事我還沒跟張書記講過。」

金達說：「那你跟張書記彙報一下，看他是什麼態度。」

傅華說：「好的，我馬上就跟張書記彙報。」

傅華就打電話給張琳，把情況又彙報了一遍。

張書記聽了，不禁道說：「傅華，你考慮問題怎麼這麼單純啊，爲什麼不立即跟組織彙報呢？自己去處理，你當自己是什麼人啊？」

傅華說：「對不起張書記，我現在知道錯了。」

張琳說：「這件事不是一句你錯了，就可以解決所有的問題。你也不要妄想一句我錯了，就可以逃脫應有的懲罰。」

傅華的心情一下子沉到了谷底，張琳這麼說，表明了一種態度，就是他認爲傅華需要爲這件事情付出代價。

傅華這時想起前段時間曲煒來駐京辦時對他說過的那段話，做任何事都不能心存僥倖，因爲你不知道什麼時候就會爲此付出代價，今天就是自己爲當時考慮不周付出代價的時候了。

該來的總是要來的，傅華說：「張書記，我現在已經知道我做錯了，我願意接受組織上的一切懲處。」

張琳說：「你有這個態度是很對的。對了，你說的方山這個案子，他侵佔國有資產這一塊究竟成不成立啊？」

事情又回到了原點，方山的罪名是否成立，張書記雖然沒有說他為什麼要問這個，可是傅華卻感覺他是在給自己迴旋的機會。

傅華說：「我問過我司法部門的朋友，他們說這種情況通常應該算是私營企業。」

張書記說：「方山這種類型的企業，我以前接觸過，國家對這一塊的定義很含糊，恐怕一時也很難下結論說他的企業到底是國有還是私有的，據我所知，類似的案例不少，可是結論往往都不一樣，除非有權威的專家學者能提出一個比較科學公正的結論出來，否則司法部門的那些同志也是很難界定的。」

張書記果然比金達老道，一下子就看出了問題的核心，對於這種曾經帶過紅帽子的企業，因為處理人的不同，結果也是各異的。

張書記接著說：「傅華啊，你這次惹得麻煩可不小啊。這種涉及到國有資產的事情是很受關注的。通常為了安全起見，官員大都傾向於把這種定位為國有資產，這樣就算判錯了，其主觀意向也是為了保護國有資產不會流失，這才是一個官員應有的立場，你明白我說的意思嗎？」

傅華清楚張琳的意思，言外之意是在告訴傅華，他不要寄望他或者金達這些市級的領導們挺身而出，為方山主持什麼公道。

傅華說：「我明白，張書記。」

張琳最後說：「好啦，這件事情我知道了，上面會調查這件事，作出相應的結論的。你也不要太有顧慮，安心做好工作，知道嗎？」

傅華說：「我知道了。」

張書記就掛了電話。

傅華又打電話給金達，講了張琳的態度，金達聽完後，說：「那行，傅華，你就聽張書記的，不要太顧慮，安心工作吧。」就掛了電話。

張琳和金達雖然沒說要嚴懲傅華，可是也沒有明確表態說會放過他，傅華心中七上八下的，因此講完電話的他神情十分凝重。

一旁一直在觀察著傅華的趙凱說：「情形不太樂觀嗎？」

傅華點點頭說：「兩位領導都把我批評了一頓，不過，我看他們並沒有把我交給司法部門處理的意思，而是傾向於紀律處分。」

趙凱聽了說：「他們有這個意思就好，問題就解決一半了。那關於方山企業的定性呢？」

傅華說：「金達沒表態，張琳的意思是說，除非有權威的專家或學者能給方山的企業做出定性，否則他是傾向於判定方山的企業是屬於國有的。」

趙凱說：「典型的官僚作風啊，爲了避免責任就不去碰那種可能帶來麻煩的問題。傅華啊，這可有點對你不利啊。」

傅華點點頭，說：「我知道，不過，我現在還想不到解決這個問題的方法。」

趙凱建議說：「也不是沒有法子可想，能不能真的找些專家學者出來爲方山說說話呢，比方說你的老師張凡就是經濟學家，這個夠權威的了吧？讓他給方山主持一下公道。」

傅華遲疑地說：「這件事牽涉到我，讓張凡老師出面難免讓人覺得不公正，這不合適。」

趙凱說：「再想想，這世界上專家學者很多，你的老師不行，也許你還認識別人呢？」

傅華苦笑了一下，說：「我是認識幾個，可是都沒有張老師那麼權威。」

趙凱一時之間也無法想出什麼合適的人選，兩人悶悶的吃了晚飯，傅華便告辭要回家。

趙凱拍了拍傅華的肩膀，說：「你別壓力太大，我們各自想想辦法，問題一定會得到解決的。」

傅華心情沉重的回到了家，鄭莉抱怨說：「你晚上不回家吃飯，怎麼也不說一聲？」

傅華悶悶地說：「臨時有點急事，忘記給你電話了。」

鄭莉注意到傅華的神色不對，便關心地問：「出什麼事情了，你臉色怎麼這麼差啊？」

傅華說：「小莉啊，我有麻煩了，而且麻煩還很大。」

鄭莉走到傅華身邊，握住了傅華的手，擔心地問說：「什麼事情啊，你別嚇我。」

傅華說：「你還記得我跟你講的方蘇的事嗎？那件事現在出了麻煩了。」

傅華就講了事情的經過，鄭莉聽完說：「我當是什麼事情呢，這件事我覺得你沒做錯什麼，相反，我還認爲你做的很對呢。」

傅華苦笑了一下，說：「也許事情本身是沒錯，可是我用的手段錯了。」

鄭莉持不同看法，說：「我不認爲你的手段錯了，這世界就是應該有人鋤強扶弱的。放心吧，這件事情我支持你，有什麼困難我會和你一起面對。我就不相信這世界上沒公理了。」

看鄭莉堅定地站在自己這邊，讓傅華有了信心，他感動地說：「謝謝你小莉，我這一下午心都是懸著的，現在有你這番話，我的心才安定了些。」

鄭莉說：「傻瓜，謝我幹什麼，我是你老婆啊，這時候就應該做你的後盾的。」

傅華笑笑說：「我很可能會被海川警方抓走，你可要有個心理準備啊。」

鄭莉說：「放心吧，就算你真的被抓，我也一定會設法將你救出來的。你也別惶惶不安了，有什麼事情就解決什麼事情，光在那裏擔心是無法解決問題的。」

傅華握緊了鄭莉的手，說：「有你在我身邊，我不會再擔心了。」

鄭莉開玩笑說：「這也是給你一個警告，下次再要英雄救美，可要認真考慮一下，自己承不承受得起英雄救美的後果。」

傅華笑說：「你不會這時候還在吃方蘇的醋吧？」

鄭莉說：「跟你開玩笑的啦，傻瓜。對了，方蘇現在怎麼樣，她父親現在被抓了，肯定很難過吧？」

傅華說：「是呀，肯定是不好過的，這都是我連累了他們，穆廣是因爲我才對方山下手的。」

鄭莉勸說：「你也別這樣自責，當初如果不是你，方山可能早就這個樣子了。你在這裏自怨自艾也解決不了什麼問題的，還是想點辦法救他出來比較實在。」

傅華無奈地說：「我現在心中一團亂麻，完全想不出什麼好主意來。」

鄭莉想了想說：「不然你問問我爸爸，他們接觸的專家學者很多，也許他有辦法呢。」

傅華也沒別的招數了，就點點頭說：「行，明天我去找他吧。時間很晚了，休息吧。」

這一晚傅華因爲有鄭莉在身邊給了他很大的安全感，因此很快就睡了過去。

第二天一早，鄭莉陪著傅華到了鄭堅家。

鄭堅聽完，得意地說：「小子，我當初跟你說那個方蘇是個麻煩，現在麻煩找上來了吧？」

鄭莉不滿地瞪了鄭堅一眼，說：「爸爸，你怎麼回事啊，我們是找你來拿主意的，可不是讓你幸災樂禍的。」

鄭堅說：「小莉，我這是爲你抱不平啊，你老公跟這個方蘇夾纏不清，難道你就一點不生氣？」

鄭莉說：「我生什麼氣啊，方蘇被欺負的那個時候，有血性的男人都會挺身而出的，我爲他驕傲還來不及呢。換了你還不知道怎麼樣呢？」

鄭堅反駁說：「你不要瞧不起你爸爸，我也是有血性的，換了是我，一樣會幫方蘇的，只是我可能做得更好，想得周全一點，不會有這麼多尾巴。」

鄭莉氣說：「我們來是讓你想辦法幫忙，不是吹噓自己怎麼厲害的，你到底有沒有辦法?沒辦法我們走了！」

鄭堅說：「專家我還真認識幾個，可是像張凡教授這種在全國有影響力的人沒有。所以專家是可以找到，權威性就很難說了。」

傅華聽了難免有些失望，不具權威性的專家學者找來也是沒有什麼大用的，這次恐怕是無法救方山了。

傅華心中很不是個滋味，這世界還真是荒謬，明明自己想幫人，可最後卻是害了他。

傅華無話可說，那邊鄭莉卻不耐煩了起來。她站了起來，說：「爸爸，你真是的，你沒有合適的人早說嘛，囉唆這麼多幹什麼啊?耽誤我們的時間。」

鄭堅說：「你這麼急幹什麼?」

鄭莉說：「我能不急嗎?那幫人正一刻不停搜集資料準備把傅華送進去呢，你不會等他被送進去了才著急吧?」

鄭堅說：「你急也解決不了問題啊，我是有個人選可能幫得上忙，不過我並不認識這個人，他是我朋友的朋友，要找他幫忙可能需要費上點周折。」

鄭莉急道：「誰啊，你怎麼不早說?」

鄭堅苦笑說：「你一來就跟我吵，你給我機會說了嗎？再說，這個人名頭很大的，跟張凡教授齊名，就算我們找他，他也不一定會願意幫這個忙。」

鄭莉說：「不願意我們想辦法讓他願意啊，快說，是誰啊？」

鄭堅說：「寧則。」

寧則？傅華愣了一下，他眼前立即浮現出那個面容清瘦，個子不高，很有學者派頭的人來。當初自己在曉菲的沙龍裏，還爲了貧富問題跟他大大爭執了一番，鬧得他很是下不了臺。

這確實是個很有分量的學者，只是不知道他會不會不計前嫌，爲了這個鬧得他很下不來台的人出面呢？

鄭莉說：「我也聽說過寧則，據說這人常進中南海給中央領導講課呢，要說動他，恐怕還真是很難辦的一件事情。」

鄭堅說：「對啊，如果我直接認識還好說，問題是我只能通過間接的關係跟他聯繫，這個人本身就很難請，更別說是通過間接的關係找他了。」

鄭莉說：「要不要問問爺爺，也許他能找人說動寧則呢？」

鄭堅反對，說：「不要去驚動你爺爺，他已經很長時間不願接觸外面這些人物了，何況他認不認識寧則都還很難說，這樣子去麻煩他不好。」

傅華也不願意驚動鄭老，便說：「不要去驚動爺爺了，我倒有一條管道，也許能請得動寧則，回頭我去試一試吧。」

鄭莉愣了一下，說：「你認識寧則，怎麼不早說呢？」

傅華說：「我曾經見過他，不過當時跟他鬧得不太愉快，我也沒把握他會願意幫我這個忙的。」

鄭莉說：「行不行，你試一下就知道了。」

傅華點了點頭，說：「回頭我跟他溝通一下，試試看吧。」

傅華心中猶豫，倒不完全是因爲當初寧則跟他有衝突，還有一部分是因爲他跟曉菲的關係弄得很尷尬，他現在去找曉菲，曉菲願意幫他這個忙嗎？

鄭堅說：「你要試就要趕快，這種事情不能拖，寧則那邊還要安排時間，這一拖下來，十天半個月的就沒有了，到時候黃花菜都涼了。」

傅華說：「我知道了。」

鄭莉和傅華就離開了鄭堅的家。

鄭莉問傅華：「要不要我陪你去跟這個朋友溝通啊？」

傅華心想，我跟曉菲見面，帶你去可不合適，便笑笑說：「不用了，我跟這個朋友關係還算不錯，不需要別人的幫忙的。」

鄭莉說：「那我就去忙我自己的事了。」

傅華就自己去了駐京辦，他一時下不了決心到底要不要去求曉菲做這件事，他不知道曉菲會是什麼態度，如果到時候曉菲一口拒絕他，他會很難堪的。再說，就算曉菲答應幫他去找寧則，寧則對自己的印象肯定很惡劣，肯不肯出面幫這個忙還是個未知數呢。

傅華在辦公室裏舉棋不定，臨近中午的時候，方蘇打電話來，顯得很緊張地說：「傅哥，你說能想到辦法，想出來了沒有啊？」

傅華說：「我還在想呢，怎麼了？」

方蘇著急地說：「那你可要快點了，我媽在海川托人打聽了一下我爸爸的情況，人家告訴我媽，我爸這次的事情很嚴重，市裏面的領導在盯著呢，一定要辦出個結果來才行，再拖下去，我怕我爸爸就要被定罪了。」

傅華心知穆廣好不容易才找到了他的把柄，一定會施加壓力給警方，警方自然不敢有所姑息，方山在裏面肯定會受到很嚴厲的審訊。

自己不能再猶豫了，爲了救方山，他要到曉菲那裏跑一趟，只要還有一線機會，都應該試一試。

傅華安撫著說：「方蘇，你別急，我想到辦法了，一定會救你父親出來的。」

方蘇鬆了口氣說：「傅哥，有你這句話我就放心了。」

傅華不敢再拖延，他不知道現在穆廣查到了什麼，又查到了什麼程度。然而傅華不知道的是，穆廣已經將這件事情彙報給了張琳，請求市委同意對傅華採取必要的措施，沒想到卻遭到了張琳的拒絕。

在市公安局局長跟穆廣彙報說，常志交代出傅華參與了方家脅迫常志的事情當下，穆廣馬上就意識到整傅華的機會來了。

長久以來，穆廣之所以老是拿傅華沒有辦法，就是因爲傅華這個人向來做事謹慎，沒有什麼把柄可以給穆廣抓的。現在這顆看似無縫的蛋突然露出了莫大的裂紋，穆廣怎能不見獵心喜呢？

他馬上就將方山的案卷調了上來，細看之後，越發高興了，他有處理類似事件的經驗，就他看來，方山的工廠是很有可能被認定爲國營企業的。

他心中暗道：傅華啊，你也會犯這種錯誤啊，其實這件事你只要找到金達，跟他反映一下這家企業的情況，金達也許就會認定這家企業是私有企業，那個時候，常志也就不能反對了。偏偏你選了一種最蠢的辦法，竟然會去要脅常志，看來你還真是被方山的女兒迷昏了頭了。

穆廣當即批示要求相關部門徹查方山侵吞國有資產這件事。相關部門馬上就對方山採取了強制措施。

令他失望的是，方山承擔了所有的責任，說所有的事都是他做的，如果要追究責任就追究他好了。至於傅華，只是幫他跟常志遞了幾句話而已，其他的事情都與傅華無關。

不過，穆廣很快就察覺到方山的說法跟常志對不起來，說明傅華在這件事中是有足夠的嫌疑。

穆廣相信，只要把傅華控制起來，他就不得不對這件事作出必要的解釋，方山、常志、傅華三方的說法肯定不會一致，那時候傅華就罪責難逃了。

可是當穆廣把事件彙報給張琳聽，要求張琳對傅華採取措施之後，張琳卻搖了搖頭，說：

「穆廣同志，這件事傅華同志已經跟我彙報過，情況我大致上已經瞭解了。這裏面，傅華同志是有不遵守組織紀律的地方，我嚴厲地批評了他。他明明知道常志違法亂紀的情況卻不及時向組織反映，表面上看是愛護同志，實際上卻是在縱容同志繼續犯罪，這種做法是很錯誤的。傅華同志也意識到了這一點，承認了錯誤。」

穆廣愣了一下，他沒想到傅華的動作還真快，竟然搶先一步向張琳彙報了，讓張琳有了先入爲主的觀念。現在張琳的口吻擺明了是在維護傅華，穆廣不由得在心中暗罵傅華狡猾。

不過費了半天心血，穆廣可不甘心就這麼認輸，便說：

「張書記，我想你可能還沒完全瞭解事件的全貌，傅華同志的行爲恐怕不是單純違紀那麼簡單。常志的口供明顯和方山的兜不起來，這其中，方山肯定是想袒護傅華，才把責任往自己身上攬的，所以我覺得有必要把傅華同志召回海川徹查。」

張琳說：「穆廣同志，常志這次的事件已經鬧得風風雨雨，我認爲不宜再擴大了。傅華同志並沒有在這個案子中得到任何個人的利益，他在駐京辦也爲市裏面做出了很大的貢獻，對這樣的同志我們應該要愛護才對。」

穆廣不平地說：「可是侵佔國有資產這種事是很嚴重的。傅華牽涉其中，總不能一點責任也不負吧？」

張琳說：「方山這個案子我大致上瞭解了一下，他的企業性質一時還很難界定，再說，就算是國有資產，侵佔人也是方山，而非傅華。你不要把二者混爲一談。至於傅華的責任呢，組織上會根據調查的結果，給傅華同志必要的紀律處分的。」

張書記表明了會給傅華紀律處分，穆廣知道自己想要傅華負上刑責是不太可能的事了，他就算再反對，也無濟於事了。

穆廣暗恨自己棋差一招，才處於被動的境地，不好再堅持己見，就說：「張書記，既然您對傅華是這樣一種看法，我收回我的建議。」

張琳語重心長地說：「穆廣同志啊，我倒不是要庇護傅華，而是我們培養一個幹部很不容易，不能因爲他身上有些瑕疵就一棍子打死，人無完人嘛，我們這些同志，誰也不敢說自己就一點錯誤就不犯，不是嗎?!」

穆廣只好笑笑說：「對，張書記說的對。」

張書記說：「就是嘛，對了，說到這裏，有件事我正想問你，前段時間我怎麼聽說你跟天和房地產丁江的兒子大吵了一架，好像是爲了一個叫關蓮的女人，這是怎麼回事啊？」

穆廣心裏咯登一下，張琳在這時候提出關蓮來幹什麼？難道他知道了些什麼嗎？

穆廣看了一眼張琳，張琳臉上很平靜，看不出個所以然，便說：「是那個叫丁益的捕風捉影，說什麼關蓮這個女人跟我有曖昧關係，其實哪有這麼回事啊！」

張琳笑了笑說：「怕是無風不起浪吧？穆廣同志，我不是說你跟這個關蓮有什麼關係，但你應該知道，社會上現在對我們官員們的私生活都很關注，只要有點不檢點可能就會招來群眾的非議。你到我們海川來之後，各方面表現都挺好的，我可不希望你栽在女人身上啊。」

穆廣聽了，心裏打起鼓來，他很懷疑傅華把關蓮跟他的關係告訴了張琳，因此他不好完全撇清跟關蓮的關係，便強笑著說：

「這件事情真是丁益誤會了，關蓮的父親跟我是朋友，所以她來海川，我給她提供了一些力所能及的幫助，不過這些幫助都是在合理範圍之內，我可沒有動用權力為她謀什麼私利，更談不上跟她有什麼曖昧的關係。」

張琳笑笑說：「我不是說你有，我只是提醒你一下，我們這些領導幹部行為都應該檢點一點，瓜田李下，自己也要避嫌。就像你前段時間搞的稅務稽查活動，外面很多人都在議論那次稽查是針對天和房地產的，說你之所以會這麼做，完全是因為你跟丁益之間的衝突。」

穆廣趕緊叫屈說：「那完全是誤會，那只是一場例行的檢查而已，外面的人真是瞎說。」

張琳說：「我不是說稅務稽查不應該，可是你這個時間點選的不太對，你剛跟丁益起衝突，就馬上去查天和房地產，你這麼一搞，人們的焦點都落在了你跟丁益的爭風吃醋上了，根本就不會去注意這次稽查是合理合法的，所以我說你這個同志啊，工作是要做的，不過也要注意方式。」

穆廣本來心中就有鬼，這一連串的敲打下來，他臉上直冒汗，說：「張書記，我當時沒想到這一層，只是工作需要就那麼去安排了。」

張琳笑笑說：「你別緊張，我不是要指責你什麼，只是提醒你一下，今後工作要多注意方法。」

穆廣點了點頭，說：「我知道了，張書記。」

穆廣就離開了。

張琳在背後看著穆廣，暗自搖了搖頭，他從剛才穆廣緊張的神色中，看出穆廣跟那個關蓮的關係絕非如穆廣自己說的那麼簡單。

最近海川政壇因爲關蓮這個女人鬧得是沸沸揚揚，先是丁益闖到市政府當面質問穆廣，其後是穆廣下手報復調查了天和房產的稅務，罰了天和一大筆錢。之後又是穆廣被舉報，省裏調查了半天，無疾而終。而整件事的當事人關蓮這個女人卻蹤跡皆無，像空氣一樣在海川消失了。

張琳關注這件事情已經有段時間了，這一連串的事件都在挑動著張琳敏感的神經。作爲一個市委書記，他不希望自己的下屬出什麼問題，如果出了什麼問題，他這個市委書記面上也是不好看的。

這也是爲什麼他力保傅華的原因之一，常志出事已經鬧得海川顏面盡失，如果再搭進去一個駐京辦主任就更不妙了。特別是駐京辦本身就是一個敏感的地方，很多市裏面運作的大項目都是駐京辦經手，這裏面有著多少的秘密是無法跟人說的啊。張琳可不想讓穆廣爲了一己私欲，就搞亂了駐京辦。

張琳隱約有種山雨欲來的不祥感覺，似乎這些事都是某一個大事件將要爆發的預兆。

還不到中午吃飯時間，傅華看曉菲的車子並沒有停在四合院的門前，知道曉菲還沒有來。他猶豫了一下，還是走進了四合院。

服務員小王看到了傅華，招呼著說：「傅先生，這麼早就來了，老闆娘還沒來呢。」

傅華問：「那她今天會過來嗎？」

小王笑笑說：「會啊，再過幾分鐘她就會來了。」

「那你開個雅間給我，等你們老闆娘過來，告訴她我找她。」傅華交代說。

小王就給傅華開了一個雅間，給傅華泡上茶，讓傅華坐在房間內等。

過了十幾分鐘，傅華聽到曉菲跟服務員說話的聲音，知道曉菲來了，心裏不由得有些緊張起來。

一會兒，曉菲推開雅間的門走了進來，上下打量著傅華，笑著說：「這是誰來了啊？稀客啊。」

傅華也打量了一下這個自己曾經擁有過的女人，她還是風采依舊，便乾笑了一下，說：「曉菲啊，你別這個樣子，你不歡迎我來嗎？」

曉菲笑笑說：「當然歡迎，我這裏開門做生意，基本上不是那麼討人厭的客人我都歡迎。只是我搞不明白，你傅先生可是好久沒有一個人來了。怎麼，剛新婚不久就對新娘子厭倦了，又想來我這裏尋開心了？」

傅華最不願意面對的就是曉菲現在這個樣子，搞得好像他是個負心漢一樣，便說：「曉菲，你說話別這麼帶刺好不好？我什麼時候敢拿你尋開心了？我可記得是你拒絕我的好不好？」

曉菲看了傅華一眼，不錯，當初是她狠下心來拒絕了這個男人的，但是不久，她心中就有些後悔了，雖然這世界上的好男人多的是，但是能夠讓自己那麼心動的男人，除了傅華，她還沒遇到第二個。

當傅華帶方蘇來的時候，她一眼就看出傅華對方蘇並沒有那個意思，當時她心中未免有些小得意，以爲傅華搞出一個方蘇是爲了向她示威的，這說明傅華心中還是有她的，所以她特別打電話給傅華，沒想到傅華被她激怒，兩人反而鬧得不歡而散。

曉菲是一個心高氣傲的女人，她不想在一個男人面前低兩次頭，因此就暫時把傅華放了下來，沒想到傅華後來有了鄭莉，還步入禮堂。

這是自作自受，曉菲也只有認了。她是個拿得起放得下的人，雖然有些痛苦，可仍然慢慢地把這段情淡化了。

正當她慢慢平靜了下來的時候，傅華竟又出現在四合院，他又來招惹自己幹什麼？曉菲對他心中有氣，於是一來就酸了他幾句。而傅華竟然絲毫不知道讓她，真是沒紳士風度。

曉菲高傲地說：「是呀，當初是我拒絕你的，我那是氣你老是把我放在次要的位置上，人家趙婷不要你了，你才想起我來啊？她不要你，我也不要的。」

傅華苦笑了一下，說：「曉菲啊，我不明白，既然分手是你的意思，那你還抱怨什麼？」

曉菲說：「我當然要抱怨了，我們總是有過一段甜蜜的過往，你就這麼絕情，我拒絕了你，你就轉身不顧而去嗎？你心裏還有我的位置在嗎？趙婷跟你提出離婚，你還想等她回心轉意，爲什麼你就不能再來央求我一下，也許我會改變主意呢？」

傅華搖了搖頭，說：「曉菲啊，你大概還不瞭解你自己的女王性格吧？我再來求你，你會改變主意嗎？如果真是那樣子，你恐怕會覺得我這個男人一點出息都沒有，會更看不起我吧？」

曉菲愣了一下，她想了想，假設當時傅華真的再來求她和他在一起，她會怎麼看傅華呢？也許真的像傅華所說的那樣，她會覺得傅華沒有一點男人氣概，而會看不起他吧？可能就是因爲傅華不顧而去，自己才會覺得傅華好吧？

這還真是矛盾，原來問題一開始就走進了死胡同。

傅華接著說：「再說，你因爲鬥氣就可以放棄我們的那段感情，我倒想問你一句，你心中還有我的位置在嗎？」

傅華說完就站了起來，他知道曉菲還在記恨他，便覺得今天來求曉菲怕是要白走一趟了。與其開口讓人拒絕，還不如知趣的走開，傅華就有了離開的意思。

曉菲看了傅華一眼，說：「你幹嘛？不會是來跟我鬥幾句嘴就要走吧？」

傅華說：「我本來是有事想求你幫忙的，現在看來是不可能的。是我自己不知趣，我走了。」

曉菲一把抓住了傅華的胳膊，說：「別走，傅華，我知道你這個人性子很高傲，如果不是沒有別的辦法，你也不會跑來求我的。什麼事啊，坐下來跟我講一下，看看我是否能幫你？」

傅華懷疑地看了曉菲一眼，說：「你真的肯幫我？」

曉菲說：「我們曾經有那麼一段，這是我一輩子都無法忘記的，現在你有麻煩，我當然不能坐視不管。你趕緊說吧，究竟什麼事啊？」

傅華就坐了下來，說：「曉菲啊，你還記得寧則嗎？」

曉菲笑笑說：「記得啊，當時你們兩個在我的沙龍裏爭得面紅耳赤的，我就是那次才覺得你這個男人挺有意思的。怎麼了，你又得罪他了？」

傅華搖搖頭說：「我是想找他幫幫忙，不知道你能不能幫我聯絡他一下？」

曉菲說：「聯絡他是可以，不過那個人不太好說話，開口讓他幫忙不太容易。你先告訴我，究竟是怎麼一回事？」

傅華說：「事情是這樣子的，你還記得那個在你面前假裝是我女朋友的方蘇嗎？」

曉菲笑笑說：「當然記得，她當時還吃我的醋呢，挺可愛的。」

傅華就講了自己跟方蘇認識的過程以及現在的麻煩，曉菲聽完，說：「原來你跟方蘇是這麼一段關係啊，難怪那天小女生一直用崇拜的眼神看著你呢。」

傅華解釋說：「我一直拿她當朋友看的，現在不但我有麻煩，她的父親也因爲我而身陷囹圄，現在我需要找一個權威的專家，給方家的工廠界定性質，這樣我也好有依據可以跟我們市裏面的領導求情。」

曉菲想了想說：「這件事我倒是可以幫你聯絡一下寧則，只是我不知道寧則願不願意幫這個忙。」

傅華嘆了口氣，說：「曉菲啊，你就幫我多說點好話吧。」

曉菲饒有趣味地看了傅華一眼，說：「那我有什麼好處啊？」

傅華不知道自己還能給曉菲什麼，便說：「你想要什麼？」

曉菲笑笑說：「我如果要你回到我身邊呢？」

傅華愣了一下，說：「曉菲，你也知道這是不可能的。如果你堅持要這個樣子，那還是算了，就當我今天沒來過。」

曉菲笑了出來，說：「跟你開玩笑的，我看到鄭莉的那一刻，就知道我們是不可能的了。不過，我希望你偶爾能過來坐一坐，跟我像個朋友一樣聊聊天，這個要求不算過分吧？」

傅華遲疑了一下，說：「這個嘛……」

曉菲說：「我又沒說要你一個人來，你可以帶著鄭莉一起來嘛。我們做不成情人，做朋友總可以吧？」

傅華鬆了口氣，說：「這個我倒可以答應你，鄭莉很喜歡你這個四合院。」

曉菲看著傅華，笑笑說：「我們口味相同嘛。」

曉菲這句話似乎別有含義，傅華有些尷尬，不知道該怎麼回答曉菲，就乾笑了一下，沒再說什麼。

曉菲拍了傅華肩膀一下，說：「傅華啊，你真是可愛，都結兩次婚了，還是這麼放不開啊，連個玩笑都開不得？」

傅華笑笑說：「江山易改本性難移嘛。」

曉菲說：「好了，這件事情我儘量去跟寧則溝通，希望能幫你促成。其實我對常志這麼欺負方蘇也很氣憤，這樣的傢伙居然也能幹上縣長，真是不知所謂，這件事情我幫定你了，算是讓你善始善終。」

尋人啟事

錢總正因為可能被穆廣牽連惱火著呢，也沒就不再去管穆廣是什麼副市長了，直接說道：

「東海晚報今天登出了大幅的尋人啟事，懸賞尋找關蓮，任何人知道線索的，都可以跟丁益聯繫。這是穆副市長你自己的事情吧？」

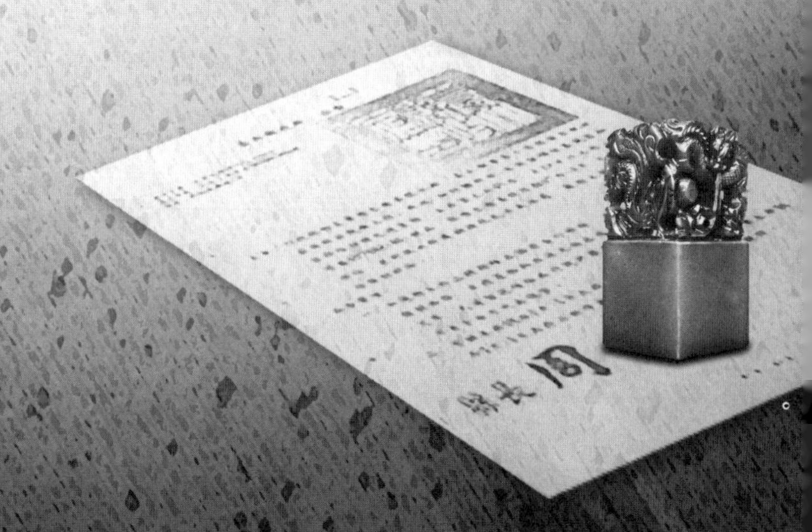

海川。

生了一肚子氣的穆廣回到自己的辦公室想要喝水，拿起杯子，也不知道是不是秘書劉根疏忽了，杯子裏面居然是空的，穆廣越發惱火，啪地一下把杯子摔了。

劉根聽到聲音進來，穆廣瞪了他一眼，罵道：「你幹什麼吃的，一點小事都幹不好？」

劉根看到地上的杯子，趕忙說：「對不起，對不起。」連忙收拾了，給穆廣換了個杯子，倒滿水放到他面前，然後說：「副市長，還有別的事情嗎？」

穆廣沒好氣的瞪了劉根一眼，說：「沒有了，出去。」

劉根就出去了，留下穆廣一個人在那裏生悶氣。

剛才跟張琳的這段談話，讓他實在是覺得窩火。

張琳會維護傅華，這早在穆廣意料之內，正因爲如此，他才把證據資料準備的很詳盡，準備讓張琳無話可說。沒想到傅華搶先一步，先給張琳打了預防針，讓張琳對他的彙報已有心理準備了。

這倒也沒什麼大不了的，跟政治對手的博弈，其實就像兩人在一起下棋是一樣的，每個人考慮的都是如何搶在對手前面佈局好，如何還擊對手。被傅華搶先一步也很正常，眼前輸了一步，不代表滿盤皆輸。現在的關鍵還控制在自己手裏，只要找到合適的

時機，自己一定會扳回這一局的。

讓穆廣窩火的其實是張琳最後說的那些話，特別是張琳點到了關蓮，關蓮雖然已經被他殺了，卻始終是他心頭一塊搬不掉的大石頭，他沒辦法當做什麼事情都沒發生一樣。

張琳點出關蓮是爲了什麼呢？是他察覺了自己和關蓮的曖昧關係，還是知道了關蓮跟自己做的那些上不了臺面的交易？還是僅僅因爲關蓮是自己跟丁益衝突的導火線？

穆廣心中倒是真的希望張琳這麼說是因爲關蓮是自己跟丁益衝突的導火線，那樣的話，只不過是官員和商人爲了某個女人爭風吃醋的小矛盾而已，只是有些丟人，可是並不能拿自己怎麼樣的。

但是穆廣可不敢這麼心存僥倖，他跟張琳共事也算有一段時間了，對這個人多少有點瞭解。張琳做事向來穩重，絕不會爲了一點捕風捉影、風花雪月的八卦向自己發難的。穆廣更願意把這番話視爲嚴厲的警告。

這本來是一次大好的機會，原本他還想好好打擊一下傅華的，但是有張琳和金達的保護，穆廣要通過正常管道去打擊傅華是不可能的。

不行，絕不能任由傅華就這麼輕易脫身，必須想個辦法出來，逼著張琳和金達不敢包庇傅華。只要這兩個人不再包庇傅華，自己就可以從中加碼，把傅華整進監獄去。

可是有什麼辦法逼張琳和金達不敢包庇傅華呢？

穆廣腦海裏轉來轉去想著主意，這件事對他來說，還真是有些難度，最難的是他必須隱身幕後，不可以公開的去對付傅華，因爲如果他公開有所行動，就等於是跟張琳和金達叫板，那樣子，恐怕他還沒整倒傅華，自己就先被整倒了。

曲煒省政府秘書長的職務正式公佈了，這象徵著曲煒自王妍事件被貶之後，踏出了東山再起的第一步，傅華爲此感到十分的高興，特意打電話去恭賀曲煒。

曲煒接到電話並沒有表現的特別高興，淡淡的笑說：「傅華啊，我早就跟你講過了，這個位置我得不得到都無所謂的。」

傅華笑笑說：「不管怎麼說，這總是一件喜事嘛，代表著您進入了副省級的行列，可以在省裏有一番作爲了。」

曲煒笑著說：「什麼副省級啊，一個大管家而已。對了，傅華，我最近聽到了很多關於你的消息，你怎麼也牽涉到常志那件案子裏去了？」

傅華苦笑說：「您知道了？」

曲煒說：「我當然知道了，最近幾天網上有不少針對你的帖子，說什麼你是爲了女色幫助侵佔國家資產的罪犯啊，什麼勾結市委書記和市長，讓他們包庇你的犯罪行爲啊，等等，好像對你的意見很大啊。」

傅華也看到了這些評論，這是最近冒出來的匿名帖子，矛頭直指傅華，把傅華描述成了一個爲了女色胡作非爲的貪官，還罵張琳和金達兩人是昏官，說兩人不識忠奸善惡，被傅華蒙蔽，一味的庇護傅華的犯罪行爲。

帖子發出來後，又引發一場鄉民的憤怒聲討。

傅華無奈地說：「我也不知道是什麼人發的這些帖子，這個人似乎對我很有意見啊。」

曲煒笑笑說：「我跟張琳同志討論過這件事情，他說帖子的內容也不完全是捕風捉影，肯定是一些政府內部的知情人士發出來的，只是這傢伙藏頭露尾，不敢見人，顯得不是那麼光明正大。」

現在網路是輿情集結之地，很多官員都很注意網路上的言論，曲煒知道這些帖子傅華並不感到意外，他關心的是張琳對這件事情的態度，便問：「張書記對這件事情怎麼看？」

曲煒笑笑說：「張琳同志認爲發帖子的人是別有居心，雖然表面上看，帖子似乎是針對你的，可實際上攻擊的卻是政府和組織，影響組織和政府在群眾心中的威信，這個人用心險惡啊。」

傅華聽了後，總算鬆了口氣，說：「張書記是這個態度我就放心了。」

曲煒態度嚴肅地提醒傅華說：

「你別以爲這件事你能輕易過關，張琳同志對你在這件事情中的表現很不滿意，在我面前嚴厲的批評了你。我也覺得你這次的做法很不成熟，你以爲自己是什麼，行俠仗義的俠客嗎？遇到這種事，最簡單也最有用的辦法就是交給組織上來處理嘛，如果你當時把常志的行爲反映給組織，常志就會受到懲處，這一次的雲山縣事件就不會發生了。你呀，這次的政治表現太稚嫩了，讓我很失望啊。」

傅華聽曲煒嚴肅了起來，不敢再嘻皮笑臉了，說：「對不起啊，市長，我做錯了，我當時沒想那麼多。」

曲煒忍不住地教訓傅華說：

「傅華，你這種行爲讓組織上現在很被動啊，幸好張琳同志認爲對你要多愛護一些，所以組織對你的態度並沒有受網上帖子的影響而改變。張琳同志對網路言論的處理意見是多做一些引導，對此我也深表贊同，我們誠然應該多聽取民情，但對這些別有居心的人發出來的帖子也不能完全任其擺佈。不過，你呀，回頭給我好好檢討一下，要認真汲取這次的教訓。」

傅華低下頭說：「我知道了。」

曲煒又說：「以後再有什麼自己不能決定的事情，你可以打電話給我嘛，我總算在官場比你多打滾幾年，別的沒有，受過的教訓還是有些的。」

傅華說：「我明白，以後我會跟市長您多交流的。」

曲煒說：「你明白就好。誒，傅華，你想沒想過這次針對你的帖子，會是什麼人發出來的？」

傅華說：「我大致有一個方向，不過並沒有任何證據，只是猜測。」

傅華猜帖子可能是穆廣的人發出來的，對這件案子的內情掌握的人並不多，而現在最想對付他的就是穆廣，穆廣的嫌疑肯定是最大的。

曲煒笑了笑說：「我想我們可能想到同一個人身上去了，張琳同志跟我的觀點基本上也是一致的。」

傅華心知曲煒說的就是穆廣，便笑笑說：「那就是他了。」

曲煒說：「這人啊，有時候還真是不能把別人當成傻瓜，好像就他一個人聰明似的。你既然知道是誰在背後做小動作了，你目下可有什麼打算？」

傅華搞不清楚曲煒是想讓他還擊呢，還是讓他靜觀其變，什麼都不做，就笑笑說：「我現在也不知道該怎麼做，市長您的意思呢？」

曲煒說：「你問我的意見啊？你是知道我這個人的，我向來覺得不要去惹事，但是也不要怕事，人家真的打上門來了，我們也不能做縮頭烏龜，該還擊就還擊，別讓人家以爲我們是好欺負的。」

傅華笑了起來，可能是省政府秘書長的任命給了曲煒底氣，那個霸氣的曲煒又回來了。傅華忍不住說：「市長，我好久沒聽您這麼說話了，聽您這麼一說，我的腰板都直起來了。」

曲煒也笑了起來。當初他灰頭土臉的離開海川，連累到他手裏用的一批幹部在海川都抬不起頭來，像傅華這樣能幹的幹部，也被徐正和金達好一陣的壓抑，受了很多委屈。

他看在眼中，心中自然不是滋味，不過那時他只是一個講話不硬氣的副秘書長，自顧尚且不暇，自然無法給自己的子弟兵撐腰。

現在形勢已經有所不同，經過幾年的蟄伏，他再次獲得郭奎和呂紀的信賴，在省裏算是有了基礎，雖然他並不想去報復這些年欺壓他子弟兵的那些領導，不過對在這個時候還要繼續針對他子弟兵的人，他就不能再坐視不管了，於是說：

「人啊，還是應該有點血性的。不過也不能蠻幹，對付一些陰險的人是要講求策略的。傅華，還記得你跟我說的那個關蓮嗎？」

傅華說：「當然記得了，市長，您是要我從這個女人身上想辦法？」

曲煒點點頭說：「對啊，我認真想過這件事情，整件事情最關鍵的核心人物就是關蓮，把她找出來，什麼問題可能都迎刃而解了。」

傅華爲難地說：「可是要怎麼找呢？丁益已經去查過了，連戶籍檔案都無法查找，如果再深入下去，恐怕要驚動司法部門，只有司法部門才能深入調查戶籍檔案爲什麼會丟失。這個以我們目前的能力恐怕無法做到。」

曲煒指點他說：

「其實不用那麼複雜。戶籍丟了誠然給調查製造了難度，但仔細想想，其實也沒那麼難。關蓮這個名字雖然可能是僞造的，但這個人卻不可能是憑空冒出來的，她一定有父母兄弟、姊妹朋友之類的親人，而且她跟穆廣肯定是有一個相遇的時空地點。找出這些，基本上就能知道這個關蓮究竟是誰，也就能找出她究竟在哪裡了。」

傅華聽了曲煒的分析，說：

「市長您說的這些我也知道，可是世界這麼大，我們去哪裡找她的父母兄弟這些關係人？又如何找到穆廣和她相遇的時空地點呢？」

曲煒笑了笑說：「這還不簡單嗎？登尋人啓事啊，你們找張關蓮的照片，發一份尋人啓事，登在發行範圍比較廣的報紙上，就說聯繫不上這個人了，希望知道這個人的身分以及行蹤線索的人跟你們聯繫，確實有幫助的給予重獎。我想丁益如果真的想找到這個女人的話，登尋人啓事這點錢他應該能出吧？」
傅華拍了自己的腦袋一下，說：「這麼簡單的辦法我怎麼就沒想到呢？」
曲煒笑說：「你是一開始就把事情往複雜的方面去想，簡單的反而視而不見了。」
傅華高興地說：「我知道該怎麼做了。」
曲煒又再次提醒傅華說：「記住啊，遇事要多動動腦子。好啦，有什麼事情要多跟我聯絡。」
曲煒就掛了電話。
一會兒，傅華便撥電話給丁益。
「傅哥，找我有事？」丁益接通了，說。
「丁益啊，你還在找關蓮嗎？」傅華問道。
丁益說：「當然了，不過還是一點進展都沒有，我托人去那邊的公安局查關蓮戶籍檔案消失的情況，可是所有受託的人都碰了壁，我現在有點沒招了。」
傅華剛受過曲煒的指點，成竹在胸，便笑了笑說：「丁益，你是不是鑽進牛角尖去了，此路不通，就換條路走嘛。」
丁益不解地說：「傅哥，你是不是想到什麼好方法啦？」
傅華說：「關蓮失蹤了，你可以在報上登懸賞尋人啓事啊，我就不相信關蓮這個大活人是憑空冒出來的，更不相信這個大活人能憑空消失。」

傅華明白曲煒特別點出丁益，是想借丁益的手來達到找出關蓮的目的，丁益曾經因爲關蓮跟穆廣有過衝突，一般人看到丁益發出懸賞啓事尋找關蓮，也會覺得在情理之中。

丁益說：「傅哥，你覺得這招管用嗎？」

傅華說：「如果真的像你所說的，關蓮出了意外，那她的父母肯定這段時間也沒見過她，也會跟她失去聯繫，我想他們看到尋人啓事，一定會跟你聯絡的。」

丁益說：「這倒也是，不過，你覺得在什麼範圍內登報呢？」

傅華說：「我現在肯定的一點就是關蓮是我們東海省人，我看你找一家發行範圍覆蓋東海省的晚報好了。我覺得關蓮的父母應該是沒受過什麼太高教育的人，也許是農民，他們看晚報的機率比較高一些。」

丁益聽了說：「那我在東海晚報上登吧，那是全省發行的。」

於是丁益就在東海晚報上登載了大幅的尋人啓事，承諾只要有人能夠提供可靠線索，他會根據線索的重要程度給予一定的獎金。

東海晚報的報紙一出，就分發到全省各地，其中一份就送到了錢總的家中。

錢總的文化水平不高，喜歡看一些八卦新聞，哪個明星被富商甩了，哪個明星和另外一個明星有戀情了之類的，都是錢總愛看的報導，因此他是東海晚報的忠實訂戶。

當錢總看到丁益的懸賞啓事時，他頓時心驚肉跳起來，丁益這小子怎麼還沒有對關蓮罷手啊？

這段時間錢總只要看到關蓮這兩個字，總有一種心驚肉跳的感覺，他沒有忘記那晚穆廣先是說要去看鏡得和尙，知道鏡得和尙不肯見他之後，又跟他借車說是要出去散心，當時錢總心裏就懷疑穆廣一定是做了什麼無法挽回的事了。

更奇怪的是，穆廣把車還回來的時候，還罕見的把車給洗了，而且洗得十分乾淨，這是很反常的，穆廣借他的車用不是一次兩次了，每次還時都是一身髒泥，他怎麼突然變了性，知道用了車還要洗呢？除非穆廣用這部車幹了一些見不得人的事情。

他再聯想到關蓮在那晚之後就再沒出現在海川人的視線當中，便高度懷疑關蓮是不是被穆廣給害了。而鏡得和尙也曾勸過錢總不要再跟穆廣走得太近，認爲穆廣變得危險起來，很可能會牽連到錢總。

錢總那時心就懸了起來，開始特別關注穆廣和關蓮進一步的消息。他相信丁益所說的，關蓮是被穆廣害了的話，覺得穆廣就算沒殺了關蓮，起碼也一定是把關蓮控制了起來，不讓關蓮再出頭露面。

想到這些，錢總就有一種毛骨悚然的感覺，雖然他也不是什麼善類，也曾爲了某些利益糾集一些混混教訓過人，可是這不代表他敢殺人害命。

現在，他陷入了一個十分尷尬的境地，他在高爾夫球場已經投入了一大筆錢，還沒到回收的階段，可是他已經跟穆廣綁在了一起，無法切割，穆廣出什麼事情，他都是要跟著倒楣遭殃的，現在這個安全的局面很快就要被打破了，只要這些知道關蓮消息的人找到丁益，穆廣所做的事情就要敗露了。

他在心中暗自罵娘，有些氣惱穆廣惹出這些事來，可是他又不能不提醒穆廣一下，不管怎麼說，有準備總比沒有來得強一些。

錢總就打電話給穆廣，問道：「穆副市長，你看沒看到今天的東海晚報？」

穆廣並沒十分的在意，最近幾天，他的心情不錯，他派人偷著把有關傅華幫助侵佔國家資產的資料放到網上，張琳和金達雖然沒什麼動作，可是明顯看得出兩人這兩天臉色很不好看，顯然是被網上聲討傅華的帖子所困擾，心情很不愉快。

穆廣現在還不急著跟張琳和金達發難，他想等網上聲討傅華的聲浪發酵幾天，鬧得聲勢更大一點，他就可以順勢提出對傅華採取相應的強制措施，逼張琳和金達不得不將傅華抓起來。

穆廣笑笑說：「我沒看過，是不是有什麼聲討傅華的消息被發到晚報上了？」

錢總心裏暗罵了穆廣一句笨蛋，人家已經朝著他最弱的地方下刀子了，他還一點不知情的想要整傅華，傅華現在有市委書記和市長兩位主要領導護著，就算你能整倒他，恐怕你將來的日子也不會好過的。

錢總沒好氣的說：「穆副市長，你先管管自己的事情吧，別人的事還是少操心一點比較好。」

穆廣愣了一下，他感覺有點被冒犯了，便說：「老錢啊，你怎麼用這種語氣跟我說話？我自己什麼事情沒管好啊？」

錢總正因爲可能被穆廣牽連惱火著呢，也就不再去管穆廣是什麼副市長了，直接說道：「東海晚報今天登出了大幅的尋人啓事，懸賞尋找關蓮，任何人知道線索的，都可以跟丁益聯繫。這是穆副市長你自己的事情吧？」

穆廣心裏咯登了一下，說：「東海晚報？你是說東海晚報登了關蓮的尋人啓事？」

錢總說：「對啊，你趕緊找一份看看吧。」

穆廣手邊並沒有東海晚報，他也不敢吩咐下面的人去找，怕引人懷疑，就說：「老錢，你在哪裡？」

錢總說：「我在雲龍山莊呢。」

穆廣說：「那我過去。」

穆廣說完，也不等錢總回答，扣了電話就讓劉根給他安排車子，說要去雲龍山莊。

劉根說：「不行啊，穆副市長，一會兒你還有一個會議要參加啊。」

穆廣這時候哪還有什麼心情去參加會議啊，就說：「說我有急事，推掉。」

劉根只好給穆廣安排好車，穆廣也不讓劉根跟隨，自己坐著車就去了雲龍山莊。

看著面色鐵青，匆忙而來的穆廣，錢總暗自搖頭，看來關蓮真是凶多吉少了，如果關蓮沒什麼事，這穆廣也不會這麼急切的趕過來了。

一進門，穆廣就說：「報紙在哪裡，快給我看看。」

錢總把報紙遞給穆廣，穆廣看到丁益竟然發了半版的尋人啓事，恨恨的說：「媽的，姓丁的就是有幾個臭錢，竟然下這麼大本錢找關蓮。」

錢總看了穆廣一眼，說：「穆副市長，你能否告訴我，這個關蓮現在到底怎麼樣了？」

穆廣臉上的肉抽搐了一下，他知道很多事情是瞞不住眼前這個精明的商人的，不過他也不能承認他殺了關蓮，就算這個人是跟他牢牢拴在一起的夥伴也不行，反正他已經很好的處理掉了關蓮的屍體，索性就死不認賬好了。

穆廣瞪著錢總，說：「老錢，你什麼意思啊？我怎麼覺得你今天怪怪的，你是不是也跟丁益一樣，懷疑我對關蓮做了什麼啊？」

錢總沒好氣的說：「我沒什麼意思，穆副市長，大家做了這麼多年的朋友，很多事情都牽絆在一起，我希望能夠知道究竟發生了什麼事情，也好做好應對的準備。」

穆廣還是死不承認，說：「能發生什麼事情啊？關蓮現在好好地在北京呢。」

錢總根本就不相信，說：「既然關蓮好好地在北京，那你讓她打個電話給丁益，或者你趕緊讓她回來，別讓丁益這麼胡鬧下去了，好嗎？」

穆廣心說關蓮都變成鬼了，還能打個屁電話啊？他不高興的說：「關蓮說她心情不好，不想見人，尤其是不想見丁益，我也沒辦法命令她啊。再說，丁益要鬧，就讓他鬧下去吧，看他能鬧出個什麼動靜出來。」

錢總說：「穆副市長，你可別忘了，就算在海川，說不定也有人清楚關蓮的底細，更別說現在搞不定什麼時候，就會有人出來跟丁益聯繫，說出關蓮的事情來的。」

穆廣擔心的正是這一點，心裏就越發氣惱錢總這麼咄咄逼人的逼問他，就說：「老錢，你這是幹什麼？你這是要審問我嗎？」

雖然心中基本上已經確信，可錢總畢竟只是猜測，拿不出證據來，他不想在這個時候跟穆廣鬧翻，便乾笑了一下，說：「我沒有這個意思，我只是想提醒你一下，這件事讓丁益這麼鬧下去，恐怕將來不好收場。」

穆廣說：「什麼不好收場啊？老錢，你今天真是怪怪的，我們合作這麼些年了，我什麼時候讓你不好收場過了?放心吧，一切都有我呢。」

錢總看了看穆廣，穆廣神色恢復了很多，似乎真的很有把握，就強笑了一下，說：「我什麼時候不放心你了，我只不過提醒你一下而已。」

穆廣說：「好啦，你的提醒我已經知道了，我辦公室還有事，先回去了。」

錢總就把穆廣送了出來，看著穆廣上車離開，心裏不由得罵了一句，這傢伙就是嘴硬，真出了事，跟著你倒楣的可是我。看來需要做一些應對措施了。

北京。

經過幾天的聯絡，曉菲終於幫傅華和寧則敲定了今天在四合院內見面。

傅華心中對這次見面多少有些打鼓，他怕寧則還記得上次的爭吵，不肯答應自己幫這個忙。

爲了表示誠意，傅華早早的就到四合院等寧則了。曉菲給他泡了杯龍井，就靜靜地坐在他對面看著他。

傅華本來就有些心神不寧，這下子更是被看得不好意思，說：「曉菲，你怎麼這麼看著我？」

曉菲笑了笑說：「傅華，你不用這麼心慌意亂的，寧則這個人雖然是很高傲，可是並不是那麼不講道理的，我想他應該不會拒絕你的要求的。」

曉菲接著說道：「那時你一副咄咄逼人的憤青架勢去質問寧則，現在想起來，我還覺得那情形十分的好笑呢。」

傅華想起當時的情景，也說：「是啊，那時候我真是挺好笑的，本來是被你邀請來旁聽的，沒想到竟然跟寧則爭了起來，搞得大家都很無趣。」

曉菲深深地看了傅華一眼，說：「你認真起來的樣子真是挺可愛的。」

曉菲的眼神中又有一絲情意的影子，傅華趕忙把眼睛躲閃開了，伸手拿起茶杯，喝了一口茶。

曉菲並沒有因爲傅華的尷尬停下來，她說：「傅華啊，這兩天，我腦海裏一直有一個驅之不去的念頭，我很想問你，如果，那次我答應你我們正式在一起的話，現在跟你結婚的是不是就是我了？」

正在喝水的傅華一下子被這個問題嗆得一口水噴了出來，慌忙拿紙巾去擦拭噴出來的水漬。

曉菲笑了起來，說：「你有必要嚇成這個樣子嗎？你放心，我沒有跟鄭莉搶的意思。不過，傅華，我們之間應該可以有話直說的，這個問題我想聽聽你的答案。」

傅華抬頭打量了看曉菲，正遇到曉菲看他的目光，這一次他沒有把眼神錯開，他知

道這個問題他是要回答的。

傅華認真地說：「曉菲，如果當時你沒拒絕我，我這個人你是知道的，我向來對我說的話負責，更何況，我心中對你始終是有一份情意的，那時候又是我最脆弱的時候，答案不言自明。」

曉菲笑了笑，說：「是不是我那時拒絕你，對你的打擊很大啊？你有沒有恨我啊？」

傅華說：「打擊是有一點，不過，我是有做得不對的地方，你拒絕我，我是有些意外，但是還不至於恨你。」

這時，寧則推門走了進來，笑著說：「不好意思啊，我來晚了。」

傅華和曉菲趕忙站了起來。

曉菲笑笑說：「沒有，寧先生，您沒有來晚，是我們早到了。」

傅華跟寧則握了手，說：「您好，寧先生，您還記得我嗎？」

寧則上下打量了傅華一眼，說：「有印象，上次在曉菲的沙龍裏，不是你跟我吵得面紅耳赤嗎？」

傅華臉紅了一下，說：「不好意思啊，那次我對您不夠禮貌。」

寧則笑了起來，說：「爭論嘛，就是各執己見，沒什麼不好意思的。不過那天我沒你年輕中氣足，沒爭過你罷了。」

傅華越發不好意思了，說：「是我太咄咄逼人啦，希望寧先生您不要跟我計較。」

寧則笑笑說：「我都跟你說了，爭論而已嘛。好了，我們大家坐下來談吧。」

三人就坐了下來。

曉菲給寧則也泡了一杯龍井，寧則喝了一口之後，笑笑說：「其實呢，那天我們的觀點都有些偏頗，尤其是你表達的觀點，典型的是一種平均主義的觀點。」

寧則似乎並沒有忘記上一次的爭論，今天還想繼續爭論的樣子，傅華就笑笑說：「寧先生，我如果說我還是不敢苟同您的觀點，您會不會生氣啊？」

寧則笑了起來，說：「我如果沒那個雅量，今天就不會來這裏跟你見面了。好了，你可以談談你想找我幹什麼了？」

傅華說：「是這樣子的，我們海川有一個紡織廠，因爲戴過紅帽子，現在企業主被說成是侵佔國有資產被抓了起來，我想拜託寧先生能夠出面幫他仗義執言一下。」

傅華就講了方山的紡織廠發生的問題，寧則聽完，想了一下說：

「這件事情我倒是可以幫忙，不過，我不能僅僅憑你說的情況就做出判斷，我需要去做一下調研，沒有調研就沒有發言權嘛。」

傅華說：「寧先生願意去做調研？」

寧則點點頭，說：「這段時間以來，我一直在關注國內發生的社會現象，你說的這家紡織廠很有代表性，很有研究價值啊，這也是曉菲跟我說了這件事後，我願意來見你的原因之一。」

傅華高興地說：「寧先生如果願意去海川做調研，那就太好了，您需要什麼費用的話，我可以負擔。」

寧則笑說：「費用倒不需要，我有些研究經費可以使用。再說，我如果用了你們的費用，可能會影響我自己的判斷，我可不想被人背後罵我被收買啊。」

曉菲聽了，不禁笑說：「寧先生在國內名聲這麼大，誰敢這麼罵你啊？」

寧則看了看傅華，笑說：「我敢說當初這位傅先生跟我爭論的時候，心中一定是認為我是被富人階層收買，專門爲富人說話的。」

傅華不好意思的笑笑說：「那是我才疏學淺，讓寧先生見笑了。」

隨後寧則又跟傅華談了些細節方面的問題，傅華本來想派相識的熟人全程陪同寧則調研，卻被寧則拒絕了，寧則說他要獨立完成這次的調研，因此他自己會帶學生去海川，不需要傅華派人陪同。

傅華很高興寧則能這麼做，這樣寧則做出的判定就不會被質疑，更顯得客觀公正。

寧則和傅華中午在四合院吃了飯，就告辭離開了。

傅華對這次的會面很滿意，寧則答應他會儘快成行，雖然還不知道寧則會做出什麼樣子的結論，但不管怎麼說，問題總算有了解決的方式。

第六章

來者不善

主持會議的張琳看了一眼穆廣，
看到穆廣眼神中透出了幾分陰狠，就知道穆廣來者不善。
張琳便笑了笑說：「穆廣同志，有什麼情況我們可以先私下交流一下，然後再看看是否適合交常委會討論啊。」

海川。

從雲龍山莊離開的穆廣雖然心中有些氣憤錢總對他態度不客氣，問三問四的，但是並不慌張，對於丁益登報尋找關蓮，他心中是篤定的，因爲沒有人可以肯定地說關蓮死了，就算有人猜到關蓮已經死了，也無法找到關蓮的屍體，這樣也就無法給自己定罪，

穆廣回到辦公室，繼續他忙碌的工作，一天很快過去，穆廣帶著一身的疲憊回了家。

自從關蓮被殺之後，穆廣的行爲很是收斂，他現在基本上不在外面留宿。一方面是因爲穆廣覺得關蓮的事，是老天爺對他前段時間放縱的一種懲罰，另一方面，穆廣感覺在漆黑的夜晚，只有最親近的家人才能給他最安全的保護。妻子的身體雖然無法再給他那方面的誘惑，可是是相伴自己十幾年熟悉的人，穆廣的心馬上就會安定很多。

簡單的洗漱了一番之後，穆廣很快就睡著了。

穆廣睡了一會兒，忽然感覺有人在拽他的小腿，睡夢中的他，煩躁的踢了那人的手一下，說：「別鬧了，我要睡覺。」

一個陰森森的聲音說道：「誰跟你鬧了，穆廣，你不也看看我是誰？」

穆廣就去看腳下，映入眼簾的是一張慘白沒血色的臉，頭髮披散著，一雙黑漆漆的眼睛直瞪著他。

穆廣渾身的汗毛都豎了起來，那是關蓮的臉，關蓮怎麼會出現在這裏？穆廣嚇壞了，這個時候，他顧不上想關蓮出現在這裏的原因，立即就想要爬起來逃跑，沒想到關蓮死勁的拽住了他的小腿。

他拼命地想掙脫也掙脫不掉，關蓮卻在腳下抓著他的身體往上爬，嘴裏一聲聲的喊著：「穆廣，還我的下半身來，穆廣，還我的下半身來。」

眼見關蓮就要爬上來了，穆廣嚇得心膽俱裂，啊的大叫一聲坐了起來，看看四周黑漆漆的，穆廣恍然醒了過來，原來是噩夢一場。

醒過來的穆廣心中仍然是高度緊張，耳邊忽然傳來一陣窸窸窣窣的聲音，穆廣惶恐的看著，想看看是什麼東西發出這樣的聲音。

他馬上就聯想到了是什麼，不由得惶恐的大叫起來：「鬼啊，有鬼啊！」

穆廣的妻子被驚醒了，伸手開了燈，推了一下用被子蒙住頭、拼命喊著有鬼的穆廣，不高興的說：「你怎麼回事啊，大半夜的這一驚一乍的，哪裡有鬼啊？」

穆廣聽到妻子的聲音，心神稍定了一下，把頭伸出來看了看妻子，說：「你沒聽見屋子裏有窸窸窣窣的聲音嗎？」

妻子說：「神經病，那不是窗戶沒關，風吹窗簾的聲音嗎？」

穆廣再仔細聽，確實是風吹窗簾的聲音，埋怨道：「你怎麼回事啊，睡覺也不關窗戶，嚇死我了。」

妻子說：「你才是怎麼回事呢，風吹窗簾也能把你嚇成這個樣子，真是的。」

妻子說著關了窗戶，上床就要關燈繼續睡覺，穆廣心還在恐懼當中，連忙制止妻子說：「不要關燈。」

妻子瞪了穆廣一眼，說：「也不知道你做了什麼虧心事了，連關燈都不敢了。」

穆廣恐懼的看著四周，妻子嘟囔了幾句之後，不管穆廣，自己睡了過去。

穆廣在床上翻來覆去折騰了很久，最後也睏了，迷迷糊糊閉上眼睛，結果一閉上眼睛，眼前就是關蓮慘白披散著頭髮的臉，耳邊就響起關蓮讓他還下半身的慘叫，他再次大叫一聲醒了過來。

妻子又被驚醒了過來，不滿的踢了他一腳，罵道：「你這一晚上鬼叫什麼，還讓不讓人睡覺了。」

穆廣也不去跟妻子爭辯，只是惶恐的看著刺眼燈光照耀下的亮堂堂的房間，這一次窗戶已經關好，窸窸窣窣的聲音已經沒有了，整個空間靜謐的嚇人。

穆廣心裏暗自叫苦，他以爲不再糾纏他的噩夢再次回來了。

接連幾天，穆廣晚上都不敢睡覺，只要一睡，他就會看到關蓮那張沒有血色的臉，就會聽到關蓮要他還下半身的慘叫。

迫不得已，穆廣就在外面熬到很晚才回家，可是雖然他已經睏得睜不開眼了，卻仍然不能擺脫關蓮這個噩夢，幾天下來，穆廣被弄得眼圈發黑，兩頰消瘦，漸有脫形之勢。

連金達都看出他的憔悴，問他：「老穆啊，你這是怎麼啦，臉色這麼差，是不是病了？」

穆廣強笑著否認道：「沒有啊，金市長，我身體挺好啊，可能是最近幾天沒休息好的緣故吧。」

金達笑笑說：「那你可要注意了，不要再那麼操勞了，身體就是本錢，累垮了可就不好了。」

穆廣心說：我想注意，可是身不由己啊，便說：「我知道了，謝謝您這麼關心我。」

金達沒說什麼就離開了，留下穆廣在後面猛打呵欠，還要在別人面前裝作沒什麼的樣子，這種強撐的滋味實在是苦不堪言。

鏡得老和尚那裏雖然是去不了了，可是海川還有別的廟，穆廣接連偷著去了幾家在海川很有名氣的大廟，可是這次關蓮的冤魂似乎是鐵了心，比之前來糾纏他的那次厲害了很多。

儘管穆廣拜了很多的菩薩，在神明面前一再懺悔，為關蓮的魂魄超度祈福，可是他還是在晚上一睡覺就看到那副關蓮的慘象，搞得他晚上都不敢睡覺，只敢在白天中午的時候小憩一會兒。

穆廣知道這種狀況不能再繼續下去，再這樣子下去，就算丁益和傅華不來對付他，他自己也會先瘋掉的。

穆廣沒招了，心中對丁益和傅華更加仇恨了，要不是這兩人一再糾纏關蓮的事，他也不會再次陷入噩夢之中。

因此在夜晚一次次反側的時候，他開始思索要如何來對付這兩個人，他覺得現在是時候借這個帖子向張琳和金達發難，逼著兩人來處分傅華了。

因此在接下來的市委常委會上，在幾個主要的議題討論完之後，穆廣發話了，他說：「有件事情，我想應該提交常委會討論一下。」

主持會議的張琳看了一眼穆廣，看到穆廣眼神中透出了幾分陰狠，就知道穆廣來者不善。

張琳便笑了笑說：「穆廣同志，有什麼情況我們可以先私下交流一下，然後再看看是否適合交常委會討論啊。」

穆廣知道如果跟張琳討論的話，他肯定不會讓他把傅華的事交給常委會討論的，就說：「我想不需要什麼私下交流了，這件事我想在座的各位都知道，就是我們海川市駐京辦主任傅華同志參與方山脅迫原雲山縣縣長常志非法發還國有資產的事。現在網上對這件事情討論的帖子鋪天蓋地，對傅華和我們海川市市委市政府抨擊的帖子很多，我覺得這樣子下去，對我們市政府的影響是很惡劣的。站在一個黨員的立場上，我無法看著事態繼續惡化下去，我希望常委會能馬上討論一下這件事情，對傅華同志拿出個明確的處理意見來，不要因爲某些領導跟他關係不錯，就對這件事情不聞不問。」

這些話在穆廣心中醞釀已久，因此絲毫沒有停頓地說了出來，在座的，除了金達和張琳之外的常委面面相覷，他們聽出來穆廣雖然只點了傅華的名字，實際上卻是連金達也批評在內，因爲誰都知道金達跟傅華關係很好。

這些常委被穆廣搞得有些不知所措，他們不明白爲什麼穆廣會突然向班子的一二把手發難。

張琳和金達面沉如水，他們心裏都很惱火，可是又不能發作，畢竟不管怎麼說，傅華在這件事情上是做錯了，穆廣不管是出於什麼目的這樣做，還是站在了一個不敗的立場上，你不能說他有什麼錯。

張琳看了穆廣一眼，穆廣此時大有破釜沉舟之心，因此絲毫不畏懼的直視著張琳，反倒把張琳看得低下了頭。

張琳知道今日之局無法善了，必須給穆廣相應的回擊才能維護他的權威，便說：

「穆廣同志，這我就要批評你了，這件事我們討論的時候，我不是跟你說過了嗎？傅華同志的錯誤，組織上已經注意到了，等調查有了結論之後，組織上會給傅華相應的紀律處分的，所以這件事並沒有交上常委會討論的必要。」

金達這時候也不得不表態了，便說：「是呀，這件事我也嚴厲批評過傅華同志，我也贊同張書記，等有調查結果之後，一定會嚴肅處理傅華。」

一二把手都表態了，其他常委自然就不好再說什麼，穆廣見沒有人出來支持他，越發感覺壓力很大。不過，他今天打算豁出去，非要逼張琳和金達處分傅華不可，他知道此刻絕對不能退縮，要是退縮了，他將再無機會去整治傅華了。

因此穆廣又說話了，他說：

「我不同意張書記和金達市長的意見。現在事實擺在那裏，同案的方山已經被採取了強制措施，爲什麼傅華還能逍遙自在的在北京當他的駐京辦主任？難道說傅華也有什麼刑不上大夫之類的特權嗎？」

穆廣的咄咄逼人，讓張琳心裏很不舒服，心說這傢伙是怎麼回事啊，非要惹惱我不可嗎？

不對啊，這個傢伙並沒有什麼實力跟自己叫板啊，這件事情上，金達是跟自己站在一起的，穆廣無法左右常委會的決定，那他還要這麼做就很令人懷疑了。難道他是想要逼自己做出什麼決定來，好向有關部門反映嗎？

張琳看了看因質疑他和金達而興奮得眼睛有些發紅的穆廣，笑了笑說：「今天的常委會已經超過時間了，我下面還有一個重要的會議要去參加，關於傅華同志的問題需要慎重研究，留待下一次會議再研究吧。散會。」

張琳利用主持會議的權力把問題給暫時壓下來了，穆廣心中不由得暗罵狡猾，如果讓問題就這麼被壓下去，下一次會議還不知道會被拖到什麼時候，這期間也不知道會發生什麼事情，到那個時候不會再有今天的氣勢，甚至可能整個局勢都扭轉了，他當然不甘心這個樣子。

穆廣站了起來，直接衝著張書記叫道：「張書記，您不能這個樣子，您這樣回避問題，是罔顧民意的做法，會讓人民失望的。您不要以爲可以一意孤行，別忘了，市委上面還是有省委的。」

張琳沒想到穆廣這時候還要站起來跟自己叫板，他心中的火氣騰地冒了起來，這個穆廣究竟是怎麼回事啊？他這是非逼著自己把傅華抓起來嗎？

平常都是以溫和的形象出現在海川政壇上的張琳，此刻也有些壓不住火氣了，就要站起來斥責穆廣。

金達一直在冷眼旁觀穆廣的表現，他很清楚穆廣和傅華之間的矛盾，也很不滿穆廣得理不饒人的囂張態度，他看到張琳宣布散會，心中很讚賞張琳這種高超的處理手法。

對穆廣仍然糾纏不休，他跟張琳一樣意外，此刻他看張琳臉色都變了，知道這樣好脾氣的人也被穆廣激怒了，便搶在張琳說話之前先站了起來，對穆廣說道：

「穆廣同志，張書記又不是說不解決這個問題，他不過暫時把傅華的問題押後處理罷了，這又不是什麼火燒眉毛的事，非要當下處理不可，你就這麼不相信組織會公正處理這件事情嗎？你就是反映到省委，省委也不會支持你的。你這麼心急是不是想挾嫌報復啊？大家可都知道你跟傅華同志之間是有很大矛盾的。」

張琳看了眼金達，心中很感激金達此刻站出來聲援他。金達並沒有說傅華做的是對是錯，卻點出了穆廣跟傅華之間有很深的矛盾，這一點在座的人都知道，金達這麼說，那穆廣再咬著這件事不放的動機就很令人懷疑了，起碼穆廣再講起話來，也就不是那麼理直氣壯了。

果然，穆廣被噎了一下，停頓了會兒才說：「金市長，你不要轉移問題的焦點，問題的焦點是傅華同志究竟做沒做錯，而不是我跟他的矛盾。您不要因爲跟他關係不錯，就一味的維護他。」

穆廣說話的氣勢明顯弱了很多，金達看出穆廣的狼狽，笑了笑說：「老穆啊，我又沒說不處分傅華，維護之說從何談起啊？你今天怎麼了，爲什麼非要跟張琳同志較這個勁呢？」

此刻張琳站了起來，說：「同志們，我要趕著去參加會議，先走一步了。」說完，也不去看穆廣，直接走出了會議室。

會議的主持人走掉了，其他的人再留下去就沒有必要了，金達看了眼面色灰敗的穆廣，冷笑了一聲，也走出了會議室。

穆廣頹然的坐到椅子上，這次他要整倒傅華的努力算是徹底失敗了。他有一種大勢已去的感覺。

這一場常委會上的爭鬥，馬上在海川政壇不脛而走，傅華當天就接到了丁益的電話。

丁益說：「傅哥，這個穆廣是怎麼回事啊，我看他是非要把你弄進去不可，甚至不惜跟張書記和金市長翻臉。」

傅華也覺得穆廣的行爲很反常，他不明白爲什麼穆廣肯冒著得罪海川市一二把手的風險也要整倒自己，就算自己被抓，可是穆廣得罪了張琳和金達，今後在海川的日子也不會好過。這種得不償失的事，以往穆廣是不肯做的。

傅華心中只有一種解釋，那就是丁益這次的尋人啓事把穆廣逼到了牆根去了，他這麼做是在負隅頑抗，很可能是想臨死也要拉一個墊背的。

傅華說：「上帝要使人滅亡，必先使人瘋狂，穆廣這麼做，可能是最後的瘋狂了。對了，你的尋人啓事發出去後，有沒有回音啊？」

丁益苦笑了一下，說：「回音是有，可是沒有有價值的，很多人都是衝著懸賞而來，大多是沒用的線索，或者根本上就是來搗亂的。」

傅華安慰他說：「你別急，事情總有一個發酵的過程。據我猜想，關蓮家應該不是什麼有錢的人家，這樣的人家通常不會訂報的，他們要知道尋人啓事可能還要一段時間。」

丁益想了想說：「傅哥你說的很對，過幾天我會再發一次尋人啓事的。」

傅華說：「嗯，有什麼消息跟我說一聲。還有，你們天和房地產也要注意一下，別讓穆廣再找到什麼報復你們的機會。」

丁益說：「我會注意的。」

丁益掛了電話，傅華就打電話給金達，他對金達和張琳在常委會上那麼維護他，心裏是很感激的。

金達接了電話，傅華說：「金市長，常委會上的事情我聽說了，謝謝您了。」

金達說：「你謝我幹什麼，你的事情總是要處理的，至於最後要怎麼處理，現在誰都無法打包票。你這一次確實讓我和張琳同志很被動，張琳同志在常委會上都無法跟穆廣正面交鋒，最後不得不把問題暫時先壓下來，我也不好爲你多說些什麼。」

傅華愧疚地說：「我知道自己確實做得很不好，不過還是很感謝兩位領導對我的維護。」

金達說：「傅華啊，我和張書記現在只能先把事情拖下來，這只是緩兵之計，但事情越拖下去可能對你越不利，網上對這件事情的抨擊聲也越來越大，我和張琳同志的壓力很大，你可能需要有點心理準備。」

傅華說：「金市長您放心，我已經做了最壞的打算了。」

金達說：「不過你也不要太過悲觀，我和張書記不到最後時刻，是不會放棄你的。」

金達這麼說，氣氛就有些悲涼，兩人沉默了一會，都沒什麼話好說，就掛了電話。

傅華心中有些焦躁不安起來，他雖然已經找了寧則，可是寧則那邊一點消息都沒有，萬一寧則得出不利於方山的結論，那自己可能真要去面對最壞的結果了。

在海川，也有一個人因爲聽到發生在常委會上的事而焦躁不安的，這個人就是錢總。

他對穆廣這種不計後果的做法感到十分的恐懼，他知道關蓮的事已經逼瘋了穆廣，穆廣才像瘋狗一樣的亂咬人。

原本錢總已經在金達妻子萬菊那兒預作佈局了，可是萬菊那邊必需謹慎處理，所以一直進展不快，而穆廣和關蓮的事情，卻完全打亂了錢總的步驟，錢總嗅到了危險迫近的氣味。

他已經不對穆廣抱什麼期望了，他現在只想早做防備，能夠在穆廣出事時最快的抽身。錢總就去了齊州，見了幾個自己在齊州關係不錯的朋友。

這些朋友都是在相關部門有些權力的人，一旦省裏要對穆廣採取什麼措施，他們會最先知道消息。這些朋友答應錢總，必要的時候會把消息通知錢總的。

過了幾天，金達忽然接到被派去雲山縣主持工作的孫濤的電話，電話裏，孫濤彙報說從北京來了一個教授，說要對方山的紡織廠做些調研工作，希望能向縣委和縣政府瞭解一些相關的情況。

金達一開始並沒有十分在意，他和張琳最近都被傅華的事情難住了，心情一直不太好，所以不太高興地說：「什麼教授啊，你回絕他就是了嘛，這個時候還來添什麼亂

啊？」

孫濤說：「金市長，可是這個教授似乎很有來頭啊。」

金達說：「是誰啊？」

孫濤說：「是北大的寧則教授。」

金達愣了一下，寧則的大名他可是聽說過的，這可不是隨隨便便的一個教授，他在國內外都有很高的知名度，很多觀點甚至能影響到國家的經濟決策。

這樣一位學者突然跑來海川做調研，影響可是不能小覷的，金達感到十分興奮，很想當面請益一下，看看寧則對海川的發展有什麼好的建議。

金達便說：「寧則來了，你怎麼不早說？」

孫濤笑說：「金市長，你沒讓我有機會說啊。」

金達笑了起來，說：「我跟張書記彙報一下，看看他要不要跟我一起去見見寧則。」

張琳聽到寧則來海川也很興奮，便說：「我馬上把手頭的事情推掉，我們一起去見見這位寧教授。」

兩人就一起坐車往雲山縣趕。

在路上，張琳對金達說：「金達同志，你說這次寧則來調研方山的紡織廠，會不會讓傅華的事情有所轉機啊？」

金達笑了起來，說：「張書記，我們想到一起去了。」

兩人都想到，如果寧則對紡織廠的調研做出了什麼結論，那困惑他們處分傅華的問題就可以得到解決了。

到了寧則住的雲山縣賓館，孫濤領著金達和張琳找到了寧則的房間。

寧則開門看到張琳和金達有些意外，說：「兩位是？」

張琳趕忙說：「寧先生，我是海川市市委書記，這位是海川市市長金達。我們兩個聽說寧先生到了雲山縣，特別從海川趕過來拜訪您。」

寧則笑笑說：「我是來做調研的，做完就走，不想驚動太多人，沒想到還是驚動了兩位。」

金達說：「我和張書記也是久仰寧先生大名，聽說您到海川，就立刻趕了過來，希望寧先生別嫌我們來得冒昧。」

寧則倒也不是不通人情世故的人，便笑說：「既然兩位已經來了，就請進吧。」

張琳和金達、孫濤就跟著寧則進了房間。

寧則把他們帶到沙發那裏坐下，張琳立刻說道：

「前段時間我才拜讀過寧教授的大作，先生觀點切中時弊，讓我很是佩服，心中就很想當面請益，沒想到先生竟然會來我們海川這個小地方，這次一定要請先生去海川，就當前的經濟形勢發展給我們講解講解，也好讓我們這些地方官員瞭解一下經濟學界對時下經濟的最新觀點。」

金達在一旁也說：「是啊，我對寧先生也是神往久矣，我讀大學的時候，您的經濟學論述對我影響很深。今天有機會跟您當面請教，真是三生有幸啊。一定要請您給我們去海川講講才行啊。」

寧則笑了起來，說：「兩位，你們這麼捧寧某人，讓我都有汗顏的感覺。我這次只是來做調研的，並不想旁生枝節，去你們海川座談，我看就不必了。」

張琳一聽，忙說：「那怎麼可以啊？寧先生不來，我們沒話說，既然來了，不給我們講點什麼，我們可是不放您離開的。」

寧則笑了起來，說：「還真被你們纏上了。我跟你們說，我這次來就只是想做點調研工作，本來不想驚動地方上的官員，可是有些情況我又必須跟雲山縣政府這邊瞭解，不得已我才知會孫濤先生的，原本打算做完調研的工作就馬上離開，沒想到倆位真是神速，還是把我堵在這裏了。你們讓我做講座，我什麼都沒準備，要給你們講什麼？」

金達笑笑說：「寧先生給我們講講您對現行國家經濟政策的理解就好了，這個不需要準備吧？您不知道，我們這些地方官員都很怕對現行政策把握不好，您給我們講講，我們就會受益匪淺的。」

寧則搖了搖頭，說：「我真是服了張書記了，真會打蛇隨棍上，好吧，看來我不去你們也不會放我離開的，我就跑這一趟吧。」

金達問道：「那您在雲山縣這邊的調研算是結束了？」

寧則點了點頭，說：「算是結束了，其實在知會孫濤先生之前，我和我的學生已經做了很多的調研工作了，孫濤先生這邊的情況瞭解完，我們就可以結束這次的調研了。」

張琳看了看寧則，笑笑說：「不知道寧先生這次調研當中，可發現我們海川政府有什麼做得不恰當的地方啊？」

寧則說：「我對海川市政府是有一點看法，不過都是學術上的，希望張書記和金市長不要干擾我的學術研究啊。」

張琳笑笑說：「我們對寧先生你的研究只會給予尊重，不會干擾的，我這麼問，只是想知道我們地方上有沒有做錯的地方，您知道我們地方上的官員對政策的掌握並不是很到位。」

寧則笑笑說：「既然張書記這麼說，那我就談談我的看法。就雲山縣處置紡織廠這一點上看，我個人是覺得，海川政府對國有資產這一塊尺度是掌握得太嚴厲了些。像雲山縣紡織廠這樣的中小型企業，政策實際上是可以從寬處理的，但現在我看到的情形卻是相反。當然，這只是我個人的一點看法。」

金達說：「寧先生的看法對我們很有指導意義，我和張書記關於這件事情交換過意見，我們也傾向同意寧先生的看法，不過關於國有資產，地方上向來掌握得比較嚴，因爲怕造成國有資產的流失。」

寧則說：「就紡織廠這個案子來說，它在發展初期是獲得了一些紅帽子的好處，但是國家並沒有實際投入，我感覺這種企業更應該被認定爲是私營企業，而非國有企業。當然，這是我個人的一種認識，僅供參考。」

張琳聽了後說：「我們會慎重研究寧先生的看法的，看怎麼妥善處理這件事情。」

談完這些之後，寧則在張琳和金達的盛情邀請下去了海川，做了一場關於當前經濟形勢看法的講座。

消息很快傳到省裏，講座還沒結束，郭奎書記親自打來電話，說張琳和金達兩個人很不夠意思，寧則到東海了也不通知他一聲。

郭奎是認識寧則的，有一次政治局召開會議，寧則去給委員們講過經濟學方面的講座，郭奎對寧則的學識水準十分讚賞，講座完後，還專門向寧則請教了幾個東海經濟發展方面的問題，兩人因此熟悉。

隨後郭奎跟寧則通了電話，郭奎盛意拳拳，一定要邀請寧則到齊州坐一坐，寧則不好拒絕，就答應了去齊州。張琳和金達就又把寧則送到了齊州。

郭奎知道寧則是爲了作紡織廠的調研而來的，因此特別向金達瞭解了紡織廠的情況，指示兩人對紡織廠的處理一定要慎重。

有了郭奎明確的指示，張琳和金達的底氣更足了，就指示辦理方山案件的人員，要根據實際情況和國家相關的政策重新作出對紡織廠的性質認定。

恰在此時，寧則一篇關於國有資產的文章發表在國內知名大報上，在文章中，就紡織廠這一案例做了分析，經此之後，輿論形勢馬上轉變，有人開始出來爲方山說好話了，說方山脅迫常志的行爲雖然是錯誤的，但也是維護自身利益的自救行爲，是可以原諒的。

最後終於認定紡織廠的確是私營企業性質，方山的侵佔國有資產罪不攻自破，方山終於被放了出來。

方山沒事了，對傅華的質疑也就沒有了基礎。穆廣知道無法再去攻擊傅華了，便再也沒提如何處置傅華的問題。

但這不代表傅華就毫髮無損的度過這次的事件，海川市委經過研究，最終給予了傅華黨內警告的處分。

處分決定宣布後，傅華打電話給曉菲，這次如果沒有曉菲幫她找了寧則，他是無法這麼有驚無險的度過難關的。

傅華說：「曉菲，我沒事了，受了一個警告處分，謝謝你了。」

曉菲笑笑說：「跟我就不要客氣了，要不要晚上過來，我們慶祝一下？」

傅華不好拒絕，便說：「可以啊，不過我要帶鄭莉過去，沒問題吧？」

曉菲笑說：「怎麼，一個人來怕我吃了你啊？」

傅華笑笑說：「也不是，只是鄭莉這些日子也很爲我擔心，現在沒事了，就帶她出來一起放鬆一下。你不歡迎她啊？」

曉菲說：「跟你開玩笑的，她來我怎麼不歡迎呢。」

傅華就打電話給鄭莉，說晚上帶她去她喜歡的那家四合院慶祝一下，鄭莉高興地答應了，說：

「好啊。傅華，有件事我因爲看你心情不好一直沒問你，你是不是可以告訴我，是誰這麼有本事幫你找到寧則的啊？我很好奇，我爸爸交友那麼廣闊都沒辦法，他怎麼能辦到的呢？」

傅華想想無法瞞過鄭莉，乾脆老實招供，就說：「這個人其實你認識，今天晚上你就能見到她了。」

鄭莉頓了一下，她是聰明人，馬上就想到了，說：「你是說曉菲？」

傅華說：「對啊。」

鄭莉說：「那我可要好好謝謝她。」

晚上，傅華接了鄭莉，一起來到四合院。

入座之後，曉菲端起酒杯，說：「這一杯先給傅華壓驚，希望你不要再做這麼幼稚的事了，以後再做這種事時，我勸你多想想，就算你不爲自己，也要爲鄭莉想想啊，你讓她多擔心啊。」

鄭莉和傅華端起酒杯跟曉菲碰了碰，鄭莉笑著說：「我想傅華會經一事長一智的。」

三人喝了酒，吃了一會菜之後，鄭莉端起酒杯，說：

「曉菲，這一杯我要敬你，傅華跟我說，是你幫他找了寧則，他才會安然無事的，說實話，我對你更加好奇了，你弄了這麼大一個四合院，我已經覺得很了不起了，現在你又能把寧則找出來，真是不得了。」

曉菲看了傅華一眼，然後跟鄭莉碰了杯，說：「其實說穿了也沒什麼，我跟寧則早就是朋友了，傅華沒告訴你嗎？當初他可是在我的沙龍裏跟寧則好一頓的爭吵呢。」

鄭莉臉色變了一下，她沒想到傅華竟然跟曉菲有這些過往，而她卻毫不知情。

恰在這個時候，傅華的電話響了起來，一看是丁益打來的，便說：「我接個電話。」

丁益在電話中興奮地說：「傅哥，告訴你一個好消息，尋人啓事有眉目了，有人打電話來，說他是尋人啓事上那張照片裏的女人的父親。不過他的女兒叫張雯，不叫關蓮。」

傅華說：「名字不一樣並不奇怪，關蓮這個名字很可能是假的。不過，你確定打電話給你的人不是騙人的嗎？」

丁益說：「那個人說話很老實，不像是騙人的，我約了他到海川來，讓他把他女兒的照片多帶幾張過來，到時候是不是騙人的，一看就知道了。」

傅華說：「那就好，如果到時候能夠確定就是關蓮的父母，你再把情況告訴我。」

丁益說：「好的。」

傅華掛了電話，鄭莉問說：「什麼事情啊？」

傅華說：「丁益來電話，說找到那個跟穆廣關係密切的關蓮的父母了，如果這是真的，那關蓮很快就能被找出來，相信穆廣的好日子不多了。誒，你們說到哪兒了？」

鄭莉說：「曉菲說你很早就見過寧則，還跟人家好一頓爭吵。有這麼回事嗎？」

傅華笑笑說：「是啊，那時候我就像個刺蝟一樣，弄得寧則都有些下不來台。」

鄭莉抱怨說：「既然你跟寧則這麼熟，為什麼在爸爸那裏你不跟我說啊？害得我這麼擔心。」

傅華心說：那時候我也不能確定曉菲願不願意幫我，我怎麼跟你說啊？就笑了笑說：「我跟寧則不熟，熟的是曉菲，我不知道曉菲能不能說動寧則出面幫我，我沒辦法跟你說啊。」

鄭莉看了眼曉菲，又看了看傅華，女人的第六感讓她感覺眼前這兩個人之間似乎不是那麼單純，不過她不想讓傅華難堪，就笑笑說：「來，曉菲，我敬你。」

曉菲跟鄭莉碰了一下杯子，兩人喝了一口，然後開始吃菜。

寧則的話題就放了下來，曉菲因為鄭莉是做服裝的，就跟鄭莉討論起當季流行的服裝款式。

女人聊起服裝來，話題是滔滔不絕的，鄭莉和曉菲聊得很熱絡，直到傅華說時間很晚了，鄭莉才意猶未盡的跟曉菲結束了談話，跟傅華回家。

在路上，鄭莉一改剛才情緒的高漲，靜靜地坐在傅華身旁，一句話也不說。

傅華看了看鄭莉，說：「怎麼了，小莉，剛才跟曉菲把話都說光了，這會兒連你老

公都不理啦？」

鄭莉懷疑的看了看傅華，說：「傅華，你是不是跟曉菲很熟啊？」

傅華愣了一下，旋即笑說：「是很熟啊，她是我透過南哥認識的，很有趣的一個人。」

鄭莉又說：「她這麼有趣，爲什麼以前你從來都沒跟我提起過她啊？你們之間只是朋友那麼簡單嗎？我怎麼聽曉菲說話的口氣，你們好像很親密，這些我怎麼都不知道啊？」

傅華心裏慌了一下，鄭莉這麼說，肯定是看出什麼來了，不過他跟曉菲這些事可不能在老婆面前坦白，就算鄭莉再大度，恐怕心裏也會有根刺。

有些時候，出於善意也是需要撒點謊的，傅華便說：

「什麼親密啊，曉菲這個人有些時候有些男人個性，她那是拿我當哥兒們呢。至於我爲什麼沒在你面前提起過她，那是因爲前段時間我遇到了很多事情，情緒有些低落，跟曉菲、南哥這些朋友就有些疏遠。這些都是發生在我們在一起之前的事情，我總不能無緣無故地在你面前提到曉菲吧？怎麼了，你懷疑我和曉菲什麼？」

鄭莉看了看傅華，說：「我也沒懷疑什麼，只是曉菲這麼有趣的朋友，你這麼久才帶給我認識，我有些奇怪而已。」

第七章

凶多吉少

丁益說：

「他們也不知道，他們跟我一樣，跟關蓮失去聯繫很久了。我聽他們說跟關蓮失去聯絡的那個時間，跟我和關蓮失去聯絡的時間一樣，傅哥，我想關蓮真是凶多吉少了，不然的話，也不會這麼久不跟家人聯繫。」

第二天，海川，天和房地產。一對中年夫妻走進了丁益的辦公室。

男人拘謹的搓了搓手，問道：「請問哪位是丁益丁總經理？」

丁益站了起來，說：「我就是，你們是昨天打電話來的人吧？」

男人說：「對，我是張雯的爸爸，這位是她的媽媽。前天我們村在外面打工的小強去我們家，說是在報紙上看到了有人登尋人啓事尋找張雯，還給我們看了報紙，上面的照片確實是我們家張雯。」

一同來的女人說：「對，那張照片確實是我們家張雯的，不知道丁總經理找她幹什麼啊？」

丁益解釋說：「我跟張雯失去聯繫很長一段時間，有些事情需要找她商量，所以才登報找她，你們確定照片上的人，就是你們的女兒張雯嗎？」

女人說：「自己的女兒我們還會認錯嗎？我們把照片帶來了，你看。」

女人把一疊照片放到丁益面前，關蓮正在照片上巧笑倩然的看著丁益呢。

其實丁益看到女人的時候，就幾乎可以確定來人真的是關蓮的父母，因爲他從這個女人身上隱約可以看到關蓮的影子。

丁益說：「沒錯，這就是關蓮。」

男人趕緊糾正說：「不是關蓮，我家女兒叫張雯。」

丁益笑了笑說：「她在海川用的名字是關蓮。」

女人困惑地說：「這是怎麼回事啊，她怎麼會改了名字了？」

丁益說：「你們先不要管這些，你們告訴我，我現在要去哪裡才能找到你們的女兒？」

男人苦笑了一下，說：「我們跟張雯也是好長時間沒聯繫上了，以前她隔一段時間都會打個電話回家，問問家裏情況的，可是最近不知道是怎麼了，不但沒打電話回來，我們打她的電話，還總是關機。我們也很擔心她是不是出了什麼事，才會跟你聯絡的。」

丁益皺著眉頭問：「你是說，你們也聯繫不上你們的女兒？怎麼會呢？」

男人說：「我就是奇怪這一點，張雯平時絕對是會跟家裏聯繫的，這麼久她都沒跟家裏聯繫，一定是遭遇了什麼事了。」

丁益臉色一下子變得蒼白，他原本還存在著某種幻想，希望尋人啓示登出去後，有人來告訴他關蓮的下落，他還能找到關蓮，可是現在就連關蓮的父母也跟她失去了聯繫，關蓮肯定是凶多吉少了。

不用說，關蓮一定是遭到穆廣的毒手了！

丁益心中很失落，他不知道往下該怎麼辦，他沒有任何關於穆廣和這件事情有關的證據，就是想爲關蓮報仇，也不知道該從哪裡下手。

男人看丁益半天不說話，就說：「丁總經理，你是不是知道張雯出了什麼事情了？你沒有什麼線索可以找到張雯嗎？」

丁益搖頭苦笑說：「我如果有線索，還用登報紙尋人嗎？」

男人嘆了口氣說：「誒，你找沒找過張雯的男朋友啊？也許他知道張雯去了哪裡了？」

張雯的男朋友？丁益忙抬起頭來看著男人，說：「什麼男朋友？你們見過她的男朋友？」

男人點點頭說：「前段時間，小雯帶了個男人回家，說是她的男朋友，叫什麼王廣，在海川做建材生意的。」

丁益眼睛亮了，他知道這是一條很好的線索，也許能從這個王廣身上找到關蓮的下落。便問道：「她帶回去的男人長什麼樣子？」

男人回憶著說：「四十多歲的樣子，很有威嚴，一看就是做大生意的人。」

一聽四十多歲，丁益馬上就聯想到了穆廣，而且張雯的男朋友名字當中也有一個廣字，事情不會這麼巧合的。

丁益馬上把平常訂的日報找了來，在報紙上找到了穆廣的照片，他用手指點了點穆廣，問男人：「你說的王廣，是不是這個人？」

夫妻倆認真的辨認了一下，然後男人說：「沒錯，就是這個人。誒，他不是做生意的嗎？怎麼會坐在主席臺上講話，還上報了呢？」

丁益冷笑一聲，說：「什麼做生意的，那根本就是騙你們的，他的名字叫穆廣，是海川市政府的常務副市長。」

男人訝異地說：「什麼，小雯找了一個當官的男朋友？這怎麼可能？他告訴我們是做生意的啊？」

丁益說：「這個男人有老婆，你們的女兒是被他包養的。」

夫妻倆面面相覷，男人不敢置信地說：「怎麼會這個樣子？這多丟人啊，我們家的女兒可不會做這種事情。」

女人也說：「對啊，我們張家可是正經人家，我們可不允許女兒做這種事情。丁總經理，你告訴我們，要怎麼找到這個穆廣？我們要找到他，好把女兒叫回去，我們張家的女兒絕對不能做這種丟人現眼的事。」

丁益心想，看來關蓮根本就沒跟她的父母說實話。她的父母也沒想想，一個沒什麼專長的女孩子，突然變得那麼有錢是爲了什麼？

他看看夫妻倆，說：「你們找他也沒用的，他不承認跟你們的女兒有什麼聯繫，更不知道你們女兒的下落。」

男人急了，說：「他怎麼敢不承認呢，他到我們家去過啊，我們村不止一個人見過他的。不行，我們要去找他，一定要他告訴我們，小雯被他弄到哪裡去了？丁總經理，你快告訴我們去哪裡才能找得到他？」

丁益看了男人一眼，心說：讓這對夫妻去市政府找穆廣鬧一下也不是不行，也許能讓穆廣露出馬腳來呢？便說：「那好，我派人送你們去吧。」

丁益就吩咐公司的人送這對夫妻去海川市政府，讓他們去那裡找穆廣。

夫妻倆跟著公司的人出去找穆廣了。

丁益打電話給傅華，說：「傅哥，昨天打電話來的人來了，可以確信，他們就是關蓮的父母。」

傅華聽了說：「那很好啊，他們知道關蓮的下落嗎？」

丁益說：「他們也不知道，他們跟我一樣，跟關蓮失去聯繫很久了。我聽他們說跟關蓮失去聯絡的那個時間，跟我和關蓮失去聯絡的時間一樣，傅哥，我想關蓮真是凶多吉少了，不然的話，也不會這麼久不跟家人聯繫。」

傅華沉默了。

如果說關蓮不跟丁益聯繫是在躲丁益，還能解釋得過去，但是她也不跟父母聯繫就有些解釋不通了，她絕不可能也要躲避她的父母，更何況丁益並不知道她的真實身分，更不認識她的父母。這樣說來，丁益的猜測很可能是真的。

傅華沉重地說：「丁益，恐怕真是像你所說的，關蓮已經被害了。」

丁益忿忿地說：「媽的，這穆廣還真是心狠手辣。」

傅華問：「你準備拿關蓮的父母怎麼辦？」

丁益說：「他們去找穆廣要人去了。」

傅華驚訝的說：「他們認識穆廣？」

丁益說：「是啊，他們說穆廣曾經冒充關蓮的男朋友，去過他們家。」

傅華說：「你就讓他們自己去找穆廣嗎？」

丁益說：「沒有啊，我讓我們公司的人陪他們去的，怎麼了？」

傅華鬆了口氣說：「那就好，你想，如果真是穆廣害了關蓮，現在關蓮的父母冒了出來，說不定穆廣爲了保護自己，也會對關蓮的父母不利的。」

丁益緊張起來：「是啊，看來這個穆廣確實是什麼事情都做得出來。那我要趕緊打個電話給我們公司的人，讓他跟緊一點，千萬不能讓關蓮的父母走單了。」

傅華說：「那你趕緊打吧。」

丁益就掛了電話，傅華搖搖頭，心說：這個穆廣終於露出馬腳來了，看來這個傢伙快要完蛋了。

海川市政府門前，關蓮的父母正在保安那邊做登記。

穆廣秘書劉根接到了保安的電話，保安說有一對夫妻說是張雯的父母，要求見穆副市長，請示是否要放行。

劉根找到穆廣，把保安的話跟穆廣彙報，穆廣一聽張雯的父母竟找上門來了，臉刷地一下變得慘白，心中慌張的一陣亂跳。

張雯的父母找上門來，這可要怎麼辦呢？見還是不見呢？見了她父母要怎麼說呢？不見的話，自己跟關蓮的事就可能被她的父母揭露出來，自己要怎麼解釋這件事情呢？

劉根見穆廣不回答，就說：「穆副市長，保安還在等我的回話呢，您到底是見不見他們啊？」

不能見！穆廣心中有一個聲音喊道，不見的話，事情就可以一口否認，反正現在最核心的人物關蓮是不會再出現了，光有她的父母，說什麼別人都不一定會信的，更何況，自己可是副市長，關蓮的父母不過是對老農民，人們會相信一位副市長，也不會相信一對老農民的。

穆廣決定避而不見，就說：「小劉，你跟門口保安說一聲，我不認識什麼張雯，更不認識什麼張雯的父母，你讓保安把他們趕走，什麼亂七八糟的人都安排了讓我見，還嫌我這個副市長不夠忙嗎？」

劉根就通知了門口的保安，保安告訴張雯的父母，穆廣不見他們，讓他們離開。張雯的父母急了，推開保安就要往裏衝。幾名保安一看，這還了得，一擁而上將張雯的父母攔住，推到了大門外，說：

「穆副市長不見你們，你們老實一點，這可是市政府，不是你們胡鬧的地方。」

張雯的爸爸說：「不是，穆副市長是我女兒的男朋友，他跟我女兒去過我家的，現在我女兒找不到了，我們找穆市長問問情況，你放我們進去吧？」

保安喝斥道：「你這人怎麼胡攪蠻纏啊？跟你說了，穆副市長說不認識你們，他不見你們。我跟你們講啊，趕緊給我離開，不然的話，我們可要報警抓你了。」

張雯的父母被嚇住了，問跟他們一起的那個天和房產的人怎麼辦，天和房產的人打電話請示丁益。

丁益一聽就火了，罵道：

「這個穆廣還真是無賴，竟然想避不見面，不行，絕對不能讓他逃掉。他不讓張雯父母進去不是嗎？乾脆你帶著他們在門口守著，我就不相信穆廣他不出來，只要他出來，你就帶他們去見他，看他到時候怎麼說。」

張雯的父母就留在市政府的大門前，等著穆廣出來。保安見他們不再往裏闖了，也就不去干涉他們。

傍晚時分，穆廣要下班離開市政府大樓，他往窗外看了看，這裏離門口比較遠，看不到張雯的父母有沒有離開，就讓劉根打電話給門口警衛，問那對夫妻離開沒有。警衛說那對夫妻還等在大門外，穆廣就讓劉根安排他從後門離開。

張雯的父母等到很晚，市政府大樓的辦公室燈都滅了，也不見穆廣出來，無奈只得離開。

天和公司的人帶他們去住了賓館，然後把情況彙報給丁益。丁益知道穆廣是躲開了，心說：你躲得了一時，躲不了永久，要公司的人安頓好張雯的父母，第二天再帶他們去市政府大樓找穆廣。

第二天一早，穆廣剛到辦公室坐下，警衛打電話來，說是昨天那對夫妻又來找他了。

穆廣火了，說：「告訴你們我不認識了，他們再來找我，馬上給我趕走。」門衛不敢說什麼，只得把那對夫妻趕到了大門外。張雯的父母也不離開，仍然在大門外等著。

穆廣在辦公室裏坐立不安，他知道讓張雯的父母一直在大門前這麼等下去不是個辦法，且不說進進出出的人看到會議論，如果被金達和張琳經過看到，下車詢問他們的來歷，那時候事情就會鬧得越發大起來，那自己怎麼跟張琳和金達解釋啊。

穆廣想來想去，這種事他不敢交代給劉根去解決，現在只有錢總出面才可以幫自己解決這個問題了。也只有錢總他能信得過。

穆廣就打電話給錢總，說：「老錢啊，有件事需要你幫我辦一下。」

錢總猶豫了一下，他現在越來越害怕跟穆廣接觸，有些不想答應穆廣，便說：「什麼事情啊，我現在在外面。」

穆廣聽出了錢總的不情願，心中越發惱火，心說我這棵大樹還沒倒呢，你這個猢猻就想散了？他冷笑一聲，說：「老錢，你什麼意思啊？什麼叫你在外面？你不想幫我，明說啊？」

錢總沒想到穆廣反應這麼強烈，雖然他眼看穆廣已經有要倒楣的趨勢了，可是畢竟現在穆廣還在臺上，如果轉過頭來對付他，那他也無法承受。只好乾笑了一下，說：「我怎麼會是那個意思呢？我是告訴您，我現在不在海川市區，如果需要我本人去辦的事情，一時半會兒我趕不回去。您找我究竟什麼事情啊？」

穆廣問：「你現在在哪裡？」

錢總實際上就在他的雲龍山莊，現在穆廣問他在哪裡，他便說：「我在海平區呢，這邊的工程項目有些問題，我來處理一下。」

穆廣急急說：「你趕緊回來，我有事情要你辦。」

錢總不慌不忙地說：「究竟什麼事啊，我這邊工程上的事情也很緊急，一時半會走不開，您的事能不能等我明天回去再說啊？」

穆廣火了，他感覺自己受了怠慢，以前沒等他開口說什麼，錢總就會屁顛屁顛的跑去，現在自己都開口了，錢總竟然還推三阻四的，是不是看自己最近不順，也敢給自己臉色看了。

穆廣罵道：「媽的，你敢讓老子等到明天？告訴你，老子現在還是海川市的常務副市長呢，你信不信我能馬上就叫你的狗屁工程停工啊？姓錢的，你別忘了你是怎麼發財的，沒有我，你能有現在這副身家？我看你是忘本了。」

錢總被罵得臉上紅一陣白一陣，強忍住心中的不滿，說：

「穆副市長，您今天這是怎麼了？我又沒說不幫您，我只是想看看事情是否緊急而已。您究竟有什麼事啊？」

穆廣冷笑了一聲，說：「老錢啊，你別說那些好聽的，你心裏在想什麼，別以為我不知道，以前我只要哼一聲，你立馬就跑過來了，現在怎麼了，還非要知道我要你辦什麼事情嗎？媽的，老子沒急事叫你幹什麼？」

錢總無奈地說：「好好，我馬上就趕回去。」

穆廣說：「你最好給我快一點。」說完，匡的一聲掛了電話。

錢總罵了一句王八蛋，坐在那裏等了一個小時，估計現在從海平區趕回來的時間差不多了，這才坐車去了市政府。

進了穆廣辦公室，看到穆廣臉色特別灰白，錢總嚇了一跳，心想：這人走什麼運真是從臉上一看就知，看穆廣現在這個印堂發暗的樣子，一看就知道在走背運。

錢總不知道的是，這些日子穆廣是吃不香，睡不著，現在張雯的父母又在大門外等著堵他，他心中惶恐不安，怎麼會有好臉色呢？

穆廣看到錢總進來，沒好氣的瞪了他一眼，說：「你終於肯來了。」

錢總乾笑了一下：「我可是從海平區馬不停蹄趕回來的，究竟什麼事啊，找我找得這麼急？」

穆廣指了指門，說：「把門關上。」

錢總就把門關上了，穆廣臉上的緊張神色才有些舒緩，說：「老錢，你進大門的時候，有沒有看到一對夫婦站在大門那邊啊？」

錢總問：「什麼樣子的夫婦啊？」

穆廣描述說：「都是中年人，一副很老實的樣子。」

錢總想了想說：「好像有，怎麼了，他們是白灘那邊來上訪鬧事的嗎？」錢總以爲是高爾夫球場那邊又有人來鬧事了。

穆廣說：「他們不是來找你的，是來找我的，他們是張雯的父母。」

錢總愣了一下，說：「這個張雯是什麼人啊，她的父母又來找你幹什麼？」

穆廣說：「張雯是關蓮的本名。」

錢總的臉色一下子變了，他終於明白穆廣爲什麼這麼急著要找他來了。關蓮的父母找上門來，代表穆廣跟關蓮的事可能就要暴露了。

錢總急急問道：「你是說關蓮的父母認識你？」

穆廣點了點頭，說：「是，我曾跟關蓮去見過她的父母，當時是爲了哄關蓮高興，我就化名王廣，扮成是她的男朋友，去了她家。」

錢總瞪了穆廣一眼，說：「你真是被那個女人迷昏頭了，你們的關係也能見光嗎？你平日的小心謹慎去哪裡了？」

穆廣說：「還不是關蓮鬧情緒嘛，我是爲了安撫她才去的。好了，別說這些了，事情已經這個樣子了，現在這對夫妻堵著門想要見我，你幫我趕緊想個辦法把他們弄走。我擔心他們再留在這裏會被金達或者張琳遇到，那時候，事情就更麻煩了。」

穆廣這個樣子，越發讓錢總堅信關蓮是被害了，他看了穆廣一眼，沒好氣的說：

「我能有什麼好辦法？人家堵著門肯定是來跟你要女兒的，你不是說關蓮在北京嗎，你就告訴他們關蓮在北京的地址，讓他們去北京找關蓮，問題不就解決了嗎？」

穆廣看了看錢總，他從錢總對他的態度中，敏感地意識到錢總一定猜出關蓮出事了，不然也不會對他的態度轉變這麼大。

穆廣冷笑了一聲，說：「老錢啊，都到這個時候了，你也別給我裝糊塗了，你心裏肯定明白我無法告訴他們關蓮在那裏，對吧？」

錢總面色更加慘白，他看著穆廣，說：「你真的殺了關蓮？」

穆廣點點頭，面無表情地說：「對啊，她的屍體還是用你的車子運走的。怎麼了，你是不是要向有關部門舉報我啊？」

錢總指著穆廣說：「你，你怎麼能這個樣子啊？那可是一條人命啊，就算她爲了丁益背叛你，你大可以給她一點錢打發她走，何必一定要弄死她呢？完了，我們都完了，這下子可被你害死了。」

穆廣說：「我也不想，誰叫那個臭娘們非要將我的錢全部捲走呢？我一激動，就失手殺了她。現在我知道做錯了，可是已經回不了頭了。好了，事已至此，你想怎麼辦？」

錢總癱坐在椅子上，苦笑了一下，說：「到這個地步，我還能怎麼辦啊？」

穆廣把事情說了出來，心裏反而有輕鬆的感覺，他明白錢總是跟他拴在一起的螞蚱，是不可能看著他死的。原本這件事情只有憋在他一個人心裏，他一個人擔心。現在多了錢總跟他分擔，自然輕鬆很多。

穆廣說：「行了老錢，你別這個樣子了，到時候就是判死刑，也是砍我穆廣的頭，你頂多做幾年牢罷了，不用嚇成這個樣子。還是趕緊想辦法把門口這對夫妻打發走吧。」

錢總仍是喃喃地說：「真是被你害死了。」

穆廣火大了，罵說：「媽的，你囉裏囉嗦的幹什麼，你還算個男人嗎？你跟老子沾光享福的時候怎麼沒說被我害死了？你要不要老子現在就出去自首給你看看啊？你信不信到時候老子能拉著你墊背啊？」

錢總惡狠狠地瞪了穆廣一眼，說：「好啦，我幫你解決這件事情就是了。」

穆廣說：「你想怎麼解決？」

錢總說：「等晚上下班，我找人嚇唬一下他們，讓他們不敢再來找你就是了。」

穆廣看了看錢總，說：「能不能一勞永逸的解決他們？」

錢總嚇了一跳，說：「你還要殺人啊？你還嫌麻煩不夠大啊？」

穆廣狠心地說：「一不做二不休，反正關蓮的事情已經做了，也不差他們兩個。只有將他們兩個也擺平了，才能一了百了。」

錢總堅決的搖了搖頭，說：「我可不敢做這種事情，如果你非要這麼做，你自己去做吧，我不參與了。」

穆廣看了錢總一眼，他心知沒錢總幫忙，他連嚇唬那對夫妻的能力都沒有，便沒好氣的說：「好啦，你去嚇唬嚇唬他們總可以吧？記住，不要讓他們再來找我了。」

錢總說：「那我回去準備了。」

錢總心情沉重的離開了穆廣的辦公室，回到雲龍山莊，在辦公室乾坐了好半天，想來想去也無法從眼前的困境中解脫出來，只好嘆了口氣，把手下的馬仔找了幾個來。

他現在只有幫穆廣掩飾罪行一途了，就吩咐馬仔在傍晚去市政府將關蓮的父母給綁架回來。

傍晚時分，守候了一天的關蓮父母還是沒堵到穆廣，只好離開市政府，往住的賓館走。

剛離開市政府不遠，一輛麵包車開過來，開到他們面前的時候，突然停了下來，麵包車門打開，幾條大漢衝了下來，長長的砍刀架到了他們脖子上，一條大漢衝著關蓮的父母喊道：

「上車。」

關蓮的父母嚇壞了，哆嗦的被塞到了麵包車裏面，跟著的天和房地產的人想要阻攔，卻被明晃晃的砍刀逼住，連喊都不敢喊，只能眼睜睜看著麵包車門關上，揚長而去。

在路上，關蓮的父母被大漢用黑布蒙上了眼睛，也不知道被帶到了什麼地方，只是感覺車開出了很遠才停下。

停下來之後，他們被帶進了一間屋子裏，蒙眼布也沒解開，就聽著一個男人說：「我告訴你們，你們的女兒早就跟王廣分手了，現在她已經跑去北京發展了，你們別再來找王廣了，他對你們糾纏不休很生氣，所以讓我來警告你們一下，你們聰明的話，趕緊給我離開海川，否則的話，別怪說小命不保，聽懂我的意思了嗎？」

關蓮的父母早就被嚇壞了，趕忙答應說聽懂了，男人就沒再說什麼，關蓮的父母就又被塞進了麵包車，麵包車開了一段時間停了下來，門打開，關蓮的父母被大漢們一腳踹了出去，摔倒在馬路上。

夫妻倆瑟瑟發抖的扯去了蒙眼布，看看眼前是一個光禿禿的山坡，四周杳無人煙，他們不知道自己被拉到了什麼地方，夫妻倆面面相覷。

半天男人才問女人：「現在怎麼辦啊？」

兩人都很害怕，商量了一下，決定還是先找到天和房地產公司的丁總再說。

兩人憑著印象往回走，走了一段距離之後，找到了一個電話亭，他們還留有丁益的電話，就撥電話給丁益。

丁益聽公司的人彙報說有人將關蓮的父母綁走了，此刻正焦躁不安的想辦法要救關蓮的父母呢，他已經將關蓮父母被綁架的情況向案發地點的派出所報了警，此刻接到關蓮父母的電話，趕忙通知了警方，警方便去現場將關蓮的父母接了回來。

關蓮父母向警方講了被綁架的情形，並說這件事情與副市長穆廣有關，要求警方趕緊去抓穆廣。

辦案的員警一聽牽涉到了副市長穆廣，他們哪裡敢擅做主張去抓什麼穆廣啊，趕忙向所長彙報了。

所長聽完情況彙報，也不敢擅做主張，便給分管他們派出所的孫副局長打了電話，彙報說轄區內發生了一起綁架案，現在當事人說案子涉及到了常務副市長穆廣。

孫副局長愣了一下，驚訝的道：「什麼，穆副市長會涉及到綁架案？你開什麼玩笑？」

所長說：「是當事人這麼說的。」

孫副局長說：「當事人說的你就相信啊？你有沒有腦子啊？穆副市長怎麼會牽涉到

綁架案當中去呢？究竟怎麼回事啊？」

所長彙報了情況，孫副局長聽完，說：

「我看這幫人根本就是臆測之詞，他們說和穆副市長有關，難道就真的和穆副市長有關啊？穆副市長根本就沒見過他們啊，我認爲他們是因爲穆副市長不見他們才挾嫌報復的。你告訴他們，不要這麼不負責任的污蔑領導，再這麼造謠生事，警方會追究他們毀謗罪的。」

所長說：「我明白該怎麼做了，孫副局長。」

孫副局長不放心地問：「那你說說打算對這個案子怎麼辦？」

所長說：「我會告訴他們不准胡亂攀咬穆副市長。」

孫副局長說：「那案子呢？」

所長說：「我會給他們先立上，然後打發他們走。」

孫副局長說：「什麼先立上，這種情況怎麼能立案呢？這對夫妻倆被人帶走，可能只是人家有話跟他們說，怎麼能說就構成綁架了呢？再說時間那麼短，連非法拘禁都不成立了，你立什麼案啊？是嫌你們所的破案率太高了是吧？」

所長一聽，馬上就明白孫副局長的意思了，說：「我明白了孫副局長，我會給他們做筆錄，然後告訴他們需要調查才能立案的。」

孫副局長說：「行，以後注意，不要隨便去相信這種污蔑領導的事。」

孫副局長掛了電話後，所長按照孫副局長的吩咐給夫妻倆做了筆錄，警告了夫妻倆一番，讓他們不要再隨便攀誣領導，然後就打發他們離開了。

夫妻倆回到丁益給他們安排的住處，丁益趕忙過來看他們。

夫妻倆受了這番驚嚇，神情都有些萎靡，回答起丁益的問話來，顯得十分慌亂，只是他們一致認爲，他們的女兒可能遭逢不測了，因此追問丁益知不知道他們的女兒究竟發生什麼事情。

丁益很可憐這對老實的夫妻，不忍心把自己的猜測告訴他們，就含糊的說他也不太清楚，只讓他們不要太擔心，先留在海川，過幾天去派出所問問案子進展的情況再說。

夫妻倆也沒有其他的主意，只好聽從丁益的安排。

丁益從他們那裏出來，打電話給傅華，說：「傅哥，果然被你猜到了，穆廣那個王八蛋果然對關蓮的父母動手了。」就跟傅華講了關蓮父母被綁架及報案的情況。

傅華聽完，半天沒有言語，丁益問道：「傅哥，你不說話，是不是這裏面有什麼問題啊？」

傅華曾經因爲自己被騙的事情報過案，因此熟悉其中的情形，知道公安絕對不會輕易立案的，就說：「丁益啊，事情越來越複雜了。」

丁益一聽，驚訝地說：「你是說警方不想追到穆廣那裏去？」

傅華說：「警方肯定是不會追到穆廣那兒去的，我是擔心他們根本就不會立案。」

丁益叫說：「怎麼會？這麼明顯的刑事犯罪，他們怎麼可以不立案呢？」

傅華笑了起來，說：「不信，你就等著看吧。」

果然，過了幾天之後，丁益打發夫妻倆去東南大街派出所詢問情況，員警說還在調查當中，夫妻倆問能不能立案，員警就不耐煩了，說什麼現在的證據不足以立案，讓他們回去等消息，如果能立上案，會通知他們的。

夫妻倆回來後，就跟丁益說，他們不能再留在海川了，一來家裏還有一大堆農活等著回去幹，另一方面，他們也擔心再待下去還會有人對他們不利，所以不打算再留在海川了。

至於女兒，可能真的像那些人所說的去北京發展了，也許過些時日女兒會跟他們聯繫的，他們會再想辦法尋找的，也請丁益幫他們留意。

丁益看出這對夫妻是害怕了，有些無奈，也知道再挽留這對夫妻也是沒什麼用處，只好留下他們的聯繫方式，同意他們離開了。

打發走了這對夫妻，丁益又給傅華打電話，告知這邊發生的情況。

傅華一聽丁益把夫妻倆打發走了，說：「哎呀，丁益啊，你怎麼這麼快就讓他們離開啊？」

丁益苦笑著說：「不然怎麼辦？我也不能時時看著他們，再留下去，我怕背後那些人會真的對他們不利的。」

傅華想想也是，就算讓這對夫妻留下來，他們也沒什麼作用，可是他又不甘心事情就這樣子不了了之，就說：

「他們回去了也好，不過，既然他們很長一段時間找不到女兒，你讓他們去當地的警察局報一下失蹤。」

丁益想了想，同意傅華的辦法，就打電話給那對夫妻，讓他們去當地警察局報了關蓮的失蹤。

再來說穆廣。

孫副局長爲了表功，很快就把東南大街派出所發生的情況彙報給他，穆廣聽完就放心了，有孫副局長看著，他相信關蓮的父母弄不出什麼大的事情來。

果然，關蓮的父母再也沒出現在海川市政府門前，幾天之後，錢總那邊更是傳來消息，說這對夫妻已經離開海川回家了。

穆廣總算鬆了口氣，這一關算是有驚無險的過去了。

不過關於穆廣和關蓮之間關係曖昧的一些說法，就在海川政壇流傳開了，有些話難免就傳到了穆廣的耳朵裏，這讓穆廣的形象大打折扣，也讓他不得不暫時收斂起貪婪之心，不敢再借助特權謀取利益了。

另一方面，穆廣也很擔心這件事會影響到他的政治前途。不過這次雖然關蓮的父母鬧得很大，可似乎並沒有驚動到張琳和金達，張琳和金達對這件事情也沒有發表任何的看法。

這讓穆廣多少有了些僥倖之心，他認爲這是他吉人天相的一種表現。

只是這次的事件有沒有傳到省裏面去，省裏對這件事情又是怎麼個看法，穆廣心中並沒有數，於是他找了個機會跑到省城齊州，找到了已經退休的省委副書記陶文。

陶文曾經到穆廣原來所在的君和縣蹲過點，因此跟穆廣很熟，他對穆廣很是欣賞，認爲穆廣是一個不可多得的操守嚴謹又有才能的幹部，穆廣能升遷爲海川市常務副市長，某種程度上也是得力於陶文特別向郭奎推薦了他。

陶文看到穆廣，笑著說：「穆廣你來了。」

陶文的態度很好，穆廣多少放下了心，看來省裏對海川發生的事情並不是很清楚，便笑笑說：「我來省裏開會，順便來看看陶書記，您最近身體還好吧？」

陶文笑了笑說：「還好，勞你掛念了。」

穆廣說：「應該的，沒您的栽培，我穆廣就沒有今天，我給您帶了些補品來，滋補身體，幫助睡眠，挺好的。」

陶文高興地說：「人老了，睡眠是不太好，你帶來的補品正好。」

穆廣笑笑說：「合適您用就好。」

陶文就把穆廣讓到了沙發上坐下，說：「穆廣，最近工作怎麼樣啊？」

穆廣說：「馬馬虎虎吧，也就是配合金達同志工作。」

陶文說：「你從縣委書記到常務副市長，角色轉變了，你的心態也要轉變，你可要調適好自己的心態啊。」

穆廣說：「謝謝陶書記的提點，我會調適好自己的心態的。」

陶文看了看穆廣，說：「最近我聽說你在海川出了點事？」

穆廣愣了一下，陶文這麼說，是不是他知道了關蓮父母在海川發生的事情？他不知道陶文對這件事情是怎麼個看法，就含糊地說：

「最近是發生了些事情，可能是我工作有些不到位，給一些人造成了誤會。」

陶文笑了笑說：「看來你的態度還很端正，是啊，要幹工作難免會得罪一些同志，他們對你有意見也是很難避免的。不過幸好你經受住了考驗，組織上經過調查，你並沒有什麼做錯了。」

陶文說起組織上的調查，穆廣又愣了一下，他感覺陶文說的跟他想的並不是一回事，他看了陶文一眼，說：「陶書記您說的是？」

陶文說：「我說的是前段時間你被人舉報的事情啊，這件事情你經受住了檢驗，沒有辜負我對你的信任。」

穆廣鬆了口氣，原來陶文並不知道關蓮父母的事情，那就好，如果陶文知道了，他還真是不知道該怎麼解釋呢。

穆廣笑笑說：「我跟陶書記一起工作過，向來是以陶書記您作爲我行爲的楷模的，我怎麼敢做一些對不起您信任的事情呢？」

穆廣的話讓陶文很受用，點了點頭，說：「你能這麼想是很好的，不過呢，我也聽說下面有些人反映你在女色方面有些不檢點的行爲，雖然有關部門並沒有查到什麼實據，不過無風不起浪，說明你還是不夠檢點，才給了某些人口實。今後你可要注意點，儘量避免給人造成這種誤會。以前你這點做得很好，是不是做了常務副市長了，就對自己放鬆要求了？」

穆廣趕忙說：「陶書記您提醒的是，可能是擔子重了，有些細節方面就忽視了，今後我會注意的。」

陶文說：「擔子重了，也不能放鬆對自己的要求。越高層次的領導越是要以身作則，知道嗎？」

穆廣連連點頭，說：「我知道了。」

陶文又說道：「再是擔子重了，也不能放鬆學習，穆廣啊，你是一個很有才能的幹部，我對你的期望很高，希望你能有更好的發展，這次黨校有一個幹部培訓班，我向組織部門推薦了你，希望你能借這個機會去提升一下自己。」

穆廣沒想到來找陶文竟然會遇到這樣的好事，此刻他正是需要這種好事的時候，這倒不是他想提高自己的理論水準，而是他現在正是風雨飄搖的時候，如果能去參加黨校的培訓班，代表著組織上對他還是很信任的，也向外界表明了他穆廣的政治地位是穩固的。

這對穆廣來說是一個象徵意義大於實際意義的一件好事情。這真是一個意外之喜。

穆廣笑著說：「陶書記，真是太好了，我一定會借這次機會，好好提高一下自己的水準。」

陶文笑笑說：「機會難得，你自己好好把握吧。」

貪官污吏

傅華訴苦說：

「這個人受賄、包養小三，什麼違法的事情都做得出來，可不知道我們東海省的領導們是怎麼想的，竟然把他派來黨校學習來了，更可氣的是，我還得好聲好氣的服侍這個貪官污吏，你說氣人不氣人。」

黨校的入學通知很快到了海川，海川政壇上的人對此十分的意外，人們不理解爲什麼穆廣搞出這麼多事情來，組織上仍然對他這麼信賴有加。有人就猜測穆廣在政壇的根基深厚，一點風花雪月的事情根本動不了他。

駐京辦也很快就接到了通知，要求駐京辦做好穆廣在京學習期間的生活安排，確保給穆廣一個優良的學習環境。

傅華接到這個通知，心裏十分的惱火，他不明白像穆廣這樣一個受賄、包養女人的幹部，組織怎麼還會這麼培養他？難道上面瞎了眼嗎？都看不到穆廣做的一些非法事情嗎？傅華心中憤憤不平，他感覺穆廣再一次逃過了政治危機，這個人的運氣怎麼這麼好啊，每次都能有驚無險的度過？

他無法理解省裏爲什麼會做這樣的安排，便打電話給曲煒。

曲煒接了電話，傅華也沒跟曲煒寒暄，開口就把心中的不滿講給了曲煒聽。

曲煒聽完，說：「你這是幹什麼？向我發洩你的不滿嗎？」

傅華氣憤地說：「不是的，市長，我跟您說這些，是希望您能向郭奎書記和呂紀省長反映一下下面的情況，省裏怎麼會這麼糊塗，還派穆廣到黨校學習啊？你讓他們去海川實地瞭解一下，看人們都是怎麼說穆廣的。」

曲煒火了，說：「胡鬧，傅華，你是不是不知道自己什麼身分啊？這種話也是你能講的嗎？前段時間你被調查的事情剛剛才過去，你怎麼一點教訓都沒記取啊？你什麼時候能夠成熟一點啊？」

傅華叫屈說：「不是的，市長，我實在是看不過去。」

曲煒說：「什麼時候輪到你看不過去了？你知道組織上這麼做是什麼意圖嗎？」

傅華說：「還能是什麼意圖啊，培養提拔穆廣吧？」

曲煒斥說：「你懂什麼？你以爲組織就像你想得那麼簡單啊？真是不知所謂。我警告你，你今天跟我說的話就到這裏爲止，不准你再跟任何人提起，知道嗎？」

傅華被訓得灰頭土臉，低聲說：「我知道了。」

曲煒又說：「再是我跟你講，穆廣到了北京，你要盡全力做好接待工作，不准把心中的不滿反映到工作上去。這是組織上的決定，你只有服從的份，你理解也得執行，不理解也得執行。你知道自己應該怎麼做了嗎？」

傅華不情願地說：「我知道了，市長。」

穆廣把黨校的的入學通知書放到錢總面前，笑了笑說：「老錢啊，看到這是什麼了嗎？」

錢總已經聽說穆廣要去黨校學習的事情了，看了看通知書，笑笑說：「恭喜穆副市長了，看來穆副市長又要大展宏圖了。」

穆廣笑笑說：「你知道就好，這下子你明白我穆廣沒那麼容易被整倒了吧？丁益也好，傅華也好，哪一個是我的對手啊？他們想整倒我，可怎麼樣呢？我還不是好好的？現在上面派我去黨校學習，這可是政府官員的搖籃，金達做市長之前就是被派到黨校學習的，現在我也被派去學習，這說明什麼，說明上面對我穆廣是很重視的。」

錢總笑了笑說：「是，您確實是一個很有能力的幹部。」

穆廣對錢總前段時間的態度頗爲不滿，就譏諷地說：「老錢啊，有些時候男人的膽子要大一點，不要一點小事情就把你嚇壞了。這一點你就要跟我學了，你看我，慌張過嗎？沒有吧。這是爲什麼？因爲我知道每一件事情都是有它的解決之道的，遇到難關就一個個解決嘛，你不能怕，越怕越壞事。這下你懂得了吧？」

錢總看了穆廣一眼，心說你現在是沒事了，所以才有了精神，關蓮的父母找上門來，你還不是一副慫樣，要不是我幫你解決，人家還堵在大門口呢，你能像現在這麼囂張嗎？

不過錢總也很高興關蓮的事並沒有影響到穆廣的政治前途，便說：「我懂了，是我修行不夠，這方面我還真是需要跟您學習啊。」

穆廣得意地說：「你知道就好。對了，老錢啊，我這次去北京，一個人在那邊很孤單啊，也沒什麼人照應，想要玩個什麼的，也沒個人陪著。」

錢總知道這才是穆廣今天來找他的目的，穆廣是希望錢總能到時候去北京陪他，爲他私下的娛樂活動出錢出力。

錢總心中並不情願，雖然穆廣的政治前途看漲，但是關蓮的事總是橫亙在他心頭的一座大山，關蓮的事情不暴露，一切都好；關蓮的事情一旦暴露，穆廣馬上就會完蛋。

這等於是有一顆不定時的炸彈放在那裏，錢總無法做到像穆廣那樣子的輕鬆，這一點，他還真是佩服穆廣，不知道穆廣怎麼能做到殺了人還跟什麼事情沒發生一樣的輕鬆。可是錢總也不能不搭理穆廣，就說：

「這小意思，您去北京學習，我能不去北京看您嗎？」

見錢總答應了下來，穆廣滿意地說：「我就知道你老錢不會看我一個人在北京過苦日子的，好了，我等著你啊。」

北京首都機場。傅華接到了穆廣和劉根。

這一次再見到穆廣，跟上一次有很大的不同，穆廣臉上閃著紅光，有一種還陽的感覺，看來去黨校學習很是振奮了他的精神，讓他再度有了那種領導的架勢。

穆廣用略帶譏諷的眼神看了看傅華，說：「今後怕是很長一段時間要麻煩傅主任了。」

傅華客套地說：「爲領導們服務是我們駐京辦應做的工作，沒什麼麻煩的，我們很歡迎穆副市長到北京來。」

穆廣笑了笑，沒再說什麼，跟劉根兩人上了駐京辦接他們的車，一起去了駐京辦。由於到黨校報到是第二天，傅華給兩人各開了一間房間休息。

傍晚時分，傅華去敲了穆廣房間的門，看看是否需要陪同穆廣一起吃晚餐。接待穆廣是他的工作，就算他心中再厭惡穆廣，他還是必須完成工作。

穆廣給傅華開了門，傅華問說：「穆副市長，到晚餐時間了，你看是不是下去一起吃點什麼？」

穆廣說：「我小睡了一會兒，沒想到這麼快就到吃晚飯的時間了，傅主任，你先進來坐吧，等我一下，我換換衣服就跟你下去。」

傅華就跟著穆廣進了房間，穆廣邊換衣服，便笑著說：「傅主任啊，前段時間關於常志那段事，有些不好意思啊。」

傅華愣了一下，他沒想到穆廣會主動提起常志的事，有些不太明白穆廣是什麼意思。傅華看了穆廣一眼，說：「穆副市長真是太客氣了，本來就沒什麼的，不需要跟我說不好意思的。」

穆廣心知自己將會有很長一段時間留在北京，而且需要跟傅華和駐京辦打交道，所以希望通過道歉能夠軟化傅華的心防，好讓傅華在他在北京這段時間，不要再來妨礙他什麼事情就好。

穆廣笑笑說：「需要的，常志那件事，是我個人對政策掌握度不夠，誤解了你的做法，以爲你是在幫方山侵佔國家資產，這是我錯了，需要給你說聲對不起的。傅主任，在這一點上，我實在很佩服你啊，你掌握的比我精確，不愧是曲煒市長帶出來的。」

傅華心裏說：你是政策掌握度不夠還是想故意整我啊？現在整不倒我了，就拿政策掌握度不夠來搪塞，我才不會上你的當呢。

他笑笑說：「穆副市長這麼說我就不好意思了，您是常務副市長，政策理論程度無論從哪方面都是比我強上百倍的。」

傅華雖然說得客氣，卻並沒有一絲接受穆廣道歉的意思，穆廣並不笨，當然馬上就聽出來傅華是話中有話，心中暗罵傅華給臉不要臉，表面上卻說：「你不介意就好，我想那段時間給你添了不少的困擾吧？」

傅華說：「也沒什麼，我一直很正常的在工作。」

穆廣笑笑說：「那就好，其實呢，我也是爲了工作，你也知道，那段時間網路上出現了很多的負評，我爲了維護市政府的聲譽，也不得不說一些不太情願的話，我想傅主任應該能理解我的心情吧？」

傅華笑了起來，說：「穆副市長，您不用再說道歉的話了，您對我是什麼樣子的，我心裏當然很清楚，我知道那些話肯定是您迫於形勢才說的，不會是您的真話。」

穆廣看了傅華一眼，看來自己這番道歉的話是白說了，心裏不由得就彆扭了一下。

這時劉根敲門進來，看到傅華，說：「我來看看穆副市長晚飯要怎麼安排，沒想到傅主任早就過來了。」

穆廣趁機說：「小劉啊，這點你就要跟傅主任好好學習一下了，傅主任都來有一陣子了，你才姍姍來遲，你身上的服務精神還有些欠缺啊。」

傅華笑笑說：「那裏，劉秘書是舟車勞頓，多休息了一會兒罷了。好了，穆副市長，我們是不是下去吃飯了？」

穆廣說：「行啊，我也有些餓了。」

三人就下去海川風味餐廳，穆廣點了幾個菜，叫了啤酒，然後說：「就我們三個人，不要拘束，也不要你敬我我敬你的，隨便吃隨便喝。」

三人喝得很隨意，穆廣感覺有些微醺了，就提議結束酒宴，回房間休息了。

第二天，傅華和劉根一起送穆廣去黨校報到。

從這一天起，穆廣就入住了黨校的宿舍，而劉根則住在駐京辦，在駐京辦和黨校兩頭跑，幫著穆廣處理一些在黨校的私人事務。

穆廣一開始尚能守得住規矩，他知道黨校可不是一般的地方，他在這裏的一舉一動都是被關注的，都可能影響到他未來的前途。

他本來就是一個善於僞裝的人，只是一些作業他往往交給劉根去做，劉根作爲他的秘書，也無法推辭，幸好劉根的理論功底也不差，穆廣的作業倒是完成得很好。

週末，錢總飛到北京，他跟穆廣事先聯繫好了，在黨校門口接了他。

發生了這麼多事，穆廣也變得謹慎起來，他讓錢總不要再住在海川大酒店，他擔心傅華知道錢總的出現後，可能會猜測到他的行蹤。

穆廣見到錢總，高興地說：「老錢，你可算來了，媽的，在這兒一舉一動都有人看著，甚至某些行爲還會被拿出來集體討論，弄得我做什麼都感覺背後有雙眼睛看著，真是不自由啊。走走，趕緊找地方放鬆一下。」

錢總知道自己來北京就是要陪穆廣玩，便笑笑說：「行，我已經幫您找好了一家夜總會，裏面的小姐個個都很漂亮。」

穆廣聽了，眼睛立即亮了起來，說：「那還不趕緊去。」

錢總就帶穆廣去了「帝國夜總會」，穆廣一看裏面金碧輝煌的就很喜歡，對錢總說：「老錢啊，論檔次，還是得要說是北京高多了，我們海川也有夜總會，可是總感覺沒有北京這麼有格調。」

錢總笑了起來，說：「北京是天子腳下，全國的精華都集聚在這裏，我們海川怎麼跟人家比啊？」

漂亮的媽媽桑花枝招展的走進包房，笑著問道：「兩位老闆，要不要找幾個小姐來陪一下啊。」

穆廣色瞇瞇地說：「小姐就不要叫了，你留下來就挺好的。」

媽媽桑笑了起來，說：「老闆你真是幽默，我手下的妹妹都比我年輕漂亮，你不信，我叫進來給你看看？」

穆廣本來也是開玩笑，就說：「好哇，你叫進來吧，如果她們沒你漂亮，你可要留下來陪我啊。」

媽媽桑說：「行，如果都入不了老闆的法眼，那我就留下來。」

十幾名小姐就走進了包房，房間裏頓時變得膩香起來，穆廣頓時有種眼花繚亂的感覺，眼睛在小姐的胸部和身材上肆意的流覽了一遍，最後挑了兩名小姐，拉到自己身邊坐下。

錢總看穆廣挑了兩個，自己也應景的挑了兩個小姐，四個人就在房間裏喝酒玩骰子起來。

穆廣輸了好幾把，接連喝了幾杯之後，有些沒了興致，看了看小姐說：「這種賭法不行，沒意思。」

小姐嗲聲嗲氣的說：「那老闆你想怎麼賭？」

穆廣笑笑說：「我輸一把，給你們一百塊錢，你們輸一把，每人脫一件衣服，怎麼樣，敢不敢跟我賭？」

小姐們笑了起來，說：「賭就賭，怕你啊？」

穆廣眼睛亮了，笑著說：「輸了可不准反悔啊？」

小姐們笑說：「反悔是小狗，這下行了吧？」

穆廣就抓起骰盒，手法嫺熟的將骰子掃進了盒內，雙手抱起骰盒嘩啦嘩啦的搖了起來。小姐也不示弱，也拿起骰盒跟著搖了起來。

頭幾把穆廣延續前面的頹勢還是輸了，就老老實實的拿了幾百塊錢給小姐。接下來穆廣就開始轉運了，接連贏了兩把，小姐先是脫掉了罩衫，然後是短裙，就只穿著一套很性感近似透明的三點式了，大好的身材頓時一覽無餘。

穆廣看著，臉上興奮得有點發紅，錢總也在一旁給他加油打氣，讓他加把勁再贏兩把，好把小姐剝光。穆廣果然不負眾望，接連兩把都贏了，小姐只好把最後遮羞的葉子也剝掉了，脫得光潔溜溜，包房內頓時春光旖旎起來。

看到小姐白皙姣好的身子，穆廣不知怎麼的，沒來由得突然想到了關蓮，想到關蓮姣好的身子在自己的手裏變成了上下兩截，他肚子裏一陣翻騰，劇烈的噁心了起來，就抓起小姐脫下來的衣服扔了過去，叫道：「馬上給我滾蛋。」

小姐愣在當場，問道：「老闆，怎麼了，不是你想這個樣子的嗎？」

穆廣火了，叫道：「臭女人，我叫你滾蛋就滾蛋，問什麼怎麼了。」

小姐也火了，叫道：「你怎麼罵人啊你？有幾個臭錢了不起啊？」

錢總一看雙方要衝突起來，知道這不是在自家的地盤上，趕忙站起來，打圓場說：「對不起啊，我這個朋友心情不好，請你們體諒一下。」

小姐罵道：「心情不好，回家拿自己老婆撒氣去，到這個場合撒野，也不看看地方。」

穆廣一聽更是不爽，站起來說：「我就撒野了怎麼了？你找人打我啊？」

錢總看穆廣也來橫的，趕忙推了穆廣一把，說：「你少說一句吧，你知道這是什麼地方啊？」

穆廣多少理智了些，知道現在還是在學習期間，真要鬧到公安局，自己的前途就完蛋了，就坐了下來，不再說話了。

錢總這時拿出錢來，給了小姐小費，把小姐們打發走了，這才回過頭來看了看穆廣，說：「怎麼了，剛才不是玩得挺高興的嗎？怎麼突然就變臉了？」

穆廣不想承認他是想到了關蓮的屍體，就煩躁的說：「老是玩這些，也沒個新花樣，沒意思透了。」

錢總苦笑了一下，說：「都是這些套路啊，北京這塊我也不是太熟悉，你叫我從哪裡給你搞新花樣啊？」

穆廣知道錢總能從海川大老遠跑來陪他玩，已經是很不容易了，就笑了笑說：「算了老錢，你也盡力了，我們找個地方洗個澡就回去吧。」

錢總看了看穆廣，說：「洗個澡就可以？」

穆廣說：「我也沒心情了，洗個澡就回去吧。」

兩人就在附近找了一家桑拿，洗了澡，找人推拿了一下，錢總就把穆廣送回了黨校。

穆廣臨進門的時候，說：「老錢啊，老玩女人沒什麼意思，下次你過來，想個別的招。」

錢總心中有些無奈，知道穆廣是纏上他了，心中厭惡卻又不敢不應承，只好點點頭說：「好的，我回去好好想一想。」

穆廣拍了拍錢總的肩膀，很滿意的笑了笑，然後走進了黨校的大門。

週日，傅華夫妻倆被曉菲邀請去打高爾夫。

女人的友誼是很奇怪的，經過幾次的交往，曉菲和鄭莉這對本來應該互相有敵意的人，竟然成了玩到一起的朋友。

曉菲還邀請了蘇南，傅華和蘇南站在一起看著曉菲像模像樣的擊球，傅華笑了起來，說：「想不到曉菲的球打得這麼好。」

蘇南看了傅華一眼，說：「很多事情都是想不到的，我還沒想到你能帶著鄭莉跟曉菲來打球呢？」

傅華苦笑了一下，他聽得出來蘇南話語中對他是有意見的，原本他跟曉菲有曖昧這件事是瞞著蘇南的，後來劉康在蘇南面前拆穿了這一點，蘇南當時雖然沒說什麼，心裏可能已經有些芥蒂了，現在看傅華帶著情人和妻子一起來打球，一向正派的蘇南心裏怕是更加彆扭了。幸好鄭莉跟曉菲站得很近，不在傅華和蘇南旁邊。

傅華說：「南哥，你是不是還在生我和曉菲的氣啊？其實我和曉菲早就是過去式了。這次我們湊到一起，不是我刻意安排的，而是曉菲發起的。」

蘇南看了看傅華，說：「傅華啊，以前我以爲我能看透你這個人，現在才發現你在我面前也是有秘密的，我真的不知道該怎麼來定位你這個人了。」

傅華解釋說：「南哥，我跟曉菲的事並不是想刻意瞞著你，可是你也知道，我們這種感情當時是見不得人的，您讓我們倆怎麼跟你說啊？」

蘇南說：「好了，你不用這個樣子了，那都是過去的事了，我不會跟你們計較的。不過，你不能老是這個樣子跟曉菲混在一起，別再玩那種容易擦槍走火的事情，尤其是我看鄭莉也不是一個笨女人，小心被她看出你跟曉菲之間的曖昧，到時候我看你怎麼收拾局面。」

傅華苦笑了一下，說：「鄭莉已經有點懷疑了，奇怪的是，她跟曉菲仍然走得這麼近，女人啊，真是讓人看不透。」

蘇南笑了起來，說：「也許她在考驗你呢？」

傅華說：「也許吧，這就是我爲什麼會來打這場高爾夫的原因，我怕不來，鄭莉更會懷疑我在躲避什麼。我現在煩心的事已經夠多了，可不想再後院起火了。」

蘇南笑說：「我說看你的情緒一直不太高啊，單位上又有事情解決不了了？」

傅華搖搖頭說：「不是單位上的事情，是我個人有些事情看不慣。」

蘇南說：「你們駐京辦主任這些人不是最善於見風使舵的嗎？怎麼還會有看不慣的事情呢？」

傅華說：「南哥，您不要借機諷刺我了，我是什麼人你難道不清楚嗎？我什麼時候見風使舵了？」

蘇南笑了笑說：「跟你開個玩笑罷了，跟我說，有什麼事情看不慣了？」

傅華訴苦說：「是我們市裏面的一個副市長，據我所知，這個人巨額受賄、包養小三，什麼違法違規的事情都做得出來，叫我說早就該抓起來判刑的，可不知道我們東海省的領導們是怎麼想的，竟然把他派來黨校學習來了，不用說，學習完就要提拔重用了。我真是看不明白。更可氣的是，我還需要給這個貪官污吏提供在京時期的服務，得好聲好氣的服侍他，你說氣人不氣人。」

蘇南說：「你怎麼就敢肯定他是貪官污吏呢？」

傅華說：「他很多事情我都知情，有些更是我好朋友的親身經歷，可惜的是我一直抓不到他什麼把柄，不然的話，早送他進監獄了。」

蘇南勸說：「你也說抓不到他什麼把柄了，換了你是省領導，你會怎麼做？你是不是也拿他沒辦法啊？」

傅華不平地說：「就算拿他沒辦法，也不能送他來黨校學習啊？您不知道南哥，因爲這傢伙，我都覺得對人性很失望了。」

蘇南笑了起來，說：「傅華啊，你這個想法太過於單純了。你說的這人之所以沒受到懲治，甚至這輩子都不會受什麼懲治，其實並不是有關單位故意去縱容他，而是他的時運還在，一個人的時運在的話，誰也是拿他沒辦法的。」

傅華看了看蘇南，說：「南哥，您不會也相信宿命那一套吧？」

蘇南笑說：「我沒那麼淺薄，我是不相信什麼命由天定的鬼話的，但是你也不得不承認真是有運氣這一說，呂蒙正的〈時運賦〉你應該知道吧？」

傅華點點頭，說：「我讀過。」

〈時運賦〉是呂蒙正貴及一品時寫下來的一篇文章，是他對人生的一場透徹的感悟，文章中說，時也，命也，運也！天有不測風雲，人有旦夕禍福。

蘇南說：「我也是在跟劉康爭奪海川新機場項目之後，看了這篇〈時運賦〉，我心裏就釋然很多了。世間萬物都是這個樣子，有的人胸懷大志，卻一輩子不得賞識與施展；而有的人胡作非為卻總是能夠得享福祿。這些都是時運所致，需以平常心對待。人各有時運，時運未到，千萬不要急躁；時運來了，也不要輕狂。就說我跟劉康爭奪新機場這件事情吧，那時候就是我時運比較低的時候，振東集團在那時候出現了危機，我為了扭轉局勢，強要去跟徐正勾兌，結果怎麼樣呢，還不是讓劉康借吳雯一個女人之力輕易就打敗了我？這不是說劉康就比我強，而是說他比我有時運。」

傅華感慨地說：「我感覺劉康在新機場項目當中實際上也沒得到什麼好處，他為此付出了最心愛的女人作爲代價，我想就他個人來說，怕是得不償失吧。」

蘇南說：「那是你的看法，可是傅華，你想過沒有，劉康在新機場項目上做了多少錯事啊？吳雯的死只是其中一樁，你出車禍，徐正於異國他鄉暴斃……這一樁樁事情，哪一件換到別人身上，不早就去蹲監獄了嗎？可是劉康傷到一絲毫毛了嗎？你跟他鬥了那麼長時間，你能想的辦法都想到了，可是最後還不是得接受跟他友好的局面？」

傅華嘆了口氣，說：「我還真是拿他沒轍，現在劉康變了很多，對我也很不錯，吳雯的事對他實際上是一種懲罰，正所謂冤家宜解不宜結，我也只好放棄跟他的博弈了。」

蘇南笑了笑說：「這就是劉康的時運了，我敢說，劉康這輩子做過很多害人的事情，他到現在還沒受到什麼懲罰，就是他的時運未盡。你說的那個副市長也是一樣的，他現在之所以不需要爲他的違法行爲負責，還受組織上的重視，也就是他的時運未盡，你也莫可奈何。所以啊，我勸你還是心平氣和的對待這件事情吧，氣壞了你的身子，受罪的是你自己。」

傅華笑了起來，說：「南哥，叫你這麼一說，我心情倒是輕鬆了些，不過，如果那傢伙這輩子時運都不盡，那豈不是終生都逃脫懲罰了？」

蘇南說：「這就難說了，這個是無法預測的，也許明天他的時運就盡了呢？」

傅華呵呵笑了起來，說：「希望吧。」

曉菲這時走了過來，問說：「南哥，你們聊什麼呢，聊得這麼高興？」

蘇南笑笑說：「我正在開導傅華呢。」

曉菲看了傅華一眼，說：「怎麼了，又遇到什麼解決不了的問題了？」

傅華說：「沒什麼，是我有些事情看不慣而已。誒，曉菲，想不到你高爾夫球打得這麼好啊？」

這時蘇南走開準備擊球去了，曉菲瞅了傅華一眼，說：「你那時候從來不帶我拋頭露面，又怎麼會知道我打得好不好呢？」

傅華趕緊看了看正在專心打球的鄭莉，有意無意的站得離曉菲遠一點，他擔心鄭莉回頭注意到他跟曉菲站得那麼近，會有什麼誤會。

這一切都看在曉菲眼中，說：「傅華，你需要跟我這麼撇清嗎？」

傅華苦笑了一下，說：「曉菲，鄭莉對我們的關係已經有些懷疑了，我們還是保持一點距離，避免不必要的誤會才好。」

曉菲瞅了傅華一眼，說：「膽小鬼。」

話雖這麼說，曉菲卻自覺地從傅華身邊走開，去跟擊完球的鄭莉聊天去了。

傅華心想：還真是順了哥情失了嫂意，太尷尬了，以後就算鄭莉不高興，也不要再來攪合到這種場合當中去了。

看到劉康出現在自己面前，傅華笑說：「劉董，這人真是不經念，昨天我跟蘇南才提起到你，今天你就來了。」

劉康說：「你跟蘇南背後又嘀咕我什麼了？怪不得我昨天耳朵老發癢呢。快老實交代，說我什麼壞話了。」

傅華笑笑說：「我們哪敢說你的壞話啊，我和南哥就是討論了一下當初他跟你爭取新機場項目的事。」

劉康說：「他肯定又是不服氣當初沒爭過我了吧？」

傅華說：「那倒沒有，他很服氣，說什麼當時他時運低，而你時運正旺，所以爭不過你也很正常。」

劉康笑了笑說：「什麼時運低時運高的，我跟你說吧，振東集團前面的發展都是蘇南他老爸蘇老在背後給他撐著，他父親的實力已經日薄西山，他爭不過我也很正常。其實呢，我倒寧願當初我沒爭過他，我現在被這個項目煩死了。」

傅華看了看劉康說：「你還在爲吳雯的事情埋怨自己啊？」

劉康說：「我沒那麼情長，吳雯的事情我雖然遺憾，倒還不至於一直爲她煩惱。是項目上的事，穆廣到了北京，你知道吧？」

傅華點點頭，說：「他來北京學習，駐京辦這邊也幫他安排一些事務。他找你了？」

劉康說：「是啊，他昨天打電話給我，說他在北京，問我什麼時間有空可以過去看看他。」

傅華笑說：「是不是他想打你什麼主意啊？」

劉康說：「他這是黃鼠狼給雞拜年，估計又想什麼壞點子勒索我了。奶奶的，回頭你問一下蘇南，他如果真的還掛念新機場這個項目的話，我可以轉讓給他，價錢便宜點都無所謂。我都一把年紀了，錢也不是沒有，早就可以享點清福，實在不想再爲這個項目去給穆廣這個小人低三下四了。」

傅華說：「我想蘇南現在肯定沒這個意願。你呀，自己釀的苦果自己去吃吧。不過說起穆廣來，有件事我還要謝謝你。前段時間幸虧你提醒我，讓我對穆廣有了警惕，事先做了準備，才沒被穆廣整到。」

傅華說的是方山那件事，幸虧是劉康提醒他，他才不至於完全被動挨打。

劉康笑了笑說：「謝我幹什麼，穆廣那種人玩的都是小把戲，本來就整不到你的。誒，我不知道這傢伙這次找我是幹什麼，千萬別再給我玩上次送錢給他不要，還要我去轉一手的把戲了，我最討厭這種想要又裝清廉的僞君子。」

傅華看了眼劉康，說：「你給穆廣送過錢？」

劉康說：「怎麼，你是不是想舉報我啊？」

傅華笑笑說：「我不做這種小人的，何況，你既然敢在我面前這麼說，說明你根本就不怕我知道。」

劉康笑說：「那當然了，其實呢，這種事我不說你心裏也會猜到的，我也就沒必要遮掩。再說，這種事情出我之口，入你之耳，沒有第三人知道，就是去舉報，我也不會承認做過這種事情，我想你也不會討這種沒趣的。」

傅華笑了起來，說：「那倒不一定啊，你別忘了，我們之間還有一道梁子沒揭過去，我如果豁上去就要討這個沒趣，怕是你也不是那麼自在吧？」

劉康說：「那我也不怕啊，傅華，我跟你說，就算退一萬步來講，我跟相關方面的人承認我這麼做過，你也奈何不了我。」

傅華愣了一下，問：「你爲什麼會這麼有自信？難道你覺得你可以凌駕在法律之上嗎？」

劉康說：「我可沒那種本事，我只是知道，我和穆廣之間最關鍵的中間人不見了，中間人不見了，所有的環節就連不起來，我就算承認，相關部門也無法證實，就無法給我定罪了。」

傅華恍然大悟說：「原來你也是通過關蓮找的穆廣啊，難怪。」

劉康說：「原本我還不明白爲什麼穆廣會那麼恨你，最近海川發生的這一連串事件才讓我明白，原來你知道關蓮就是穆廣的白手套，你知道了人家最隱私的秘密，卻又沒有很好的保守這個秘密，難怪他會那麼恨你，非要除掉你不可。」

傅華看了劉康一眼，說：「你怎麼知道我沒有很好的保守這個秘密啊？」

劉康說：「我知道丁益去找穆廣鬧事的事，像穆廣和關蓮這種曖昧的關係，除非你通過關蓮找穆廣辦事，否則是不會知道的那麼清楚的。而關蓮又跟丁益來往，她自己也不會告訴丁益她跟穆廣之間的真實關係，除非是有別人告訴他。聯想到你跟丁益是好朋友，加上關蓮的公司是在北京註冊，我就大概猜到告訴丁益的這個人，應該就是你了。」

傅華笑說：「劉董果然老到，的確是我告訴他的，我是怕他不知道關蓮跟穆廣之間的真實關係，吃了虧也不知道。」

劉康說：「你是好心，不過，關蓮一條命可能就是被你害了。」

傅華愣了一下，說：「你怎麼能這麼說？我只是告訴丁益那個女人的真實面目，讓他離開那個女人而已，怎麼會害了她？再說，你怎麼敢肯定關蓮就一定被害了呢？」

劉康笑了笑說：「你把事情整個過程認真想一想，就會明白我會這麼說的原因了。」

傅華搖搖頭說：「我還是不明白，現在並沒什麼證據能夠說明關蓮就一定被害了。」

劉康分析說：「關蓮一定是死了，這是毫無疑問的。你想一想，丁益已經吵上市政府去了，事情鬧這麼大，爲什麼關蓮卻一直沒露面呢？假設她還活著，如果她喜歡丁益，那她一定會來找丁益；反之，如果她選擇的是穆廣，那她也一定會出面，澄清她跟穆廣的關係。之所以到現在關蓮都沒露頭，那就只有一個可能了，就是她死了，這也正是爲什麼丁益鬧了那麼大的風波，甚至有人舉報穆廣利用關蓮受賄，穆廣仍然那麼篤定的原因，因爲他很清楚，關蓮不會再出現了；關蓮不出現，丁益對他的指責就沒有人能夠證實，就毫無意義。」

傅華驚呆了，雖然丁益一再跟他說關蓮已經被害了，他心中還是半信半疑的，他覺得穆廣絕對不會這麼狠毒，殺害一個跟他同床共枕的女人。他認爲關蓮說不定是被穆廣控制，藏在某個地方不敢露面而已。

可現在劉康這麼一分析之後，也不由得他不信了。

傅華說：「難道真的被丁益說中了，關蓮被穆廣給害了？」

劉康說：「換了別人，也許還有別的可能，是穆廣就一定是了。我跟你說過，他跟原來的我很像，我太瞭解這種人的心性了。如果我沒猜錯的話，一定是丁益知道關蓮跟穆廣的關係之後，卻無法跟關蓮了斷，所以才逼著關蓮在他跟穆廣之間做一個選擇。丁家大少爺人長得帥又多金，不用說，關蓮一定會選擇丁益的。偏偏關蓮知道穆廣太多的秘密，穆廣又怎麼會放這樣一個女人離開他呢？那等於是授人於柄啊。於是在無法勸服關蓮的前提下，穆廣只能痛下殺手了。」

劉康這是根據以前他自己的做事手法推測的，雖不完全符合，卻也離事實並不遠矣。

說到這裏，劉康搖了搖頭，說：「女人啊，有時候想事情就是簡單，她跟穆廣之間已經有了那麼多秘密，怎麼還會天真地以為穆廣會輕易放她離開呢？」

傅華冷冷的看了劉康一眼，說：「恐怕你說的不只是關蓮吧？當初吳雯要離開徐正，你是不是也是這樣子想的？」

劉康並沒有回避傅華的眼神，反而直視著傅華說：

「對，吳雯要離開徐正的時候，我也是這麼想的，這件事情一直讓我很困惑，那時候吳雯明知道你對她沒那種感情，而徐正對她也不是不好，可是為什麼她就非要離開徐正不可呢？也正是因為她起了這種心思，整件事情才朝壞的方向發展。」

傅華說：「劉董，你怎麼到現在還不明白，沒有一個女人喜歡自己被人當做一件工具來操縱的，吳雯那時候想要的只是自由。」

劉康不以為然地說：「什麼自由啊？我沒給她自由嗎？你別忘了，當初她可是仙境夜總會的小姐，是我讓她脫離那種生活的，是我給了她自由，給了她身分和地位。」

傅華搖搖頭，說：

「就是這樣子你才害了她，如果她仍是一個夜總會的紅牌小姐，她會習慣依靠男人生活，將來她年老色衰，可能隨便找個男人嫁了就算了，那樣子，也許她的一生還不會感覺痛苦什麼的。可是你從那個環境把她帶了出來，讓她知道做一個真正的人是什麼樣子，最後你卻還想要拿她當做一個降服男人的工具，她怎麼會不反抗呢？」

劉康苦笑了一下，說：「好了，我們討論了半天，結論卻是這兩個女人是被我們兩個自以為是好心的男人給害了，這世界還真是諷刺啊。」

傅華反駁說：「我是真好心。」

劉康沒好氣的說：「我也不是假好心，就算我最後卑鄙了一點，可是我自始至終也沒欺騙過吳雯。好了，你別來指責我了，你做的也不比我強到哪兒去。如果你不拆穿關蓮，丁益也許就不會知道這件事情，也就更不會逼著關蓮作抉擇，關蓮也就死不了了，她跟丁益現在說不定還能卿卿我我呢。」

傅華不說話了，雖然劉康有些強詞奪理，可是也不能說他講的一點道理都沒有，正是自己的多嘴才間接導致了關蓮的死，才會害丁益這麼痛苦的。

想明白了這一點，傅華心裏很不是個滋味。

見傅華不說話，劉康感覺到他可能說的有些過分了，便拍了拍傅華的肩膀，說：「你也別太往心裏去了，我知道你是真心爲了朋友好。我也是的，跟你說這些沒用的幹什麼啊，我還是想想要如何應付穆廣的勒索吧。」

傅華說：「你準備什麼時候去見他？」

劉康說：「儘快吧，這傢伙既然跟我開了口，我就沒辦法拖延太長時間了，否則的話，他一定會想辦法來爲難我的。」

傅華不解地說：「劉董，你不感覺這穆廣是一個很危險的人嗎？既然你確信他殺了人，那他總有暴露的一天，那你還要去賄賂他幹嘛？你不怕將來他出了事，也把你牽連進去嗎？」

劉康笑說：「你不是就想看我出事嗎？」

傅華攤了攤手說：「那好吧，你愛怎麼辦就怎麼辦吧，就當我沒說這句話。」

劉康老神在在地說：「這點小事我還能辦好的。放心吧，雖然沒有了關蓮這個白手套，我還是有辦法跟他保持安全距離的。」

傅華笑了起來，他知道劉康是老狐狸，這點小事情絕對難不倒他的。

劉康又說：「誒，傅華，穆廣這次來，沒給你臉色看吧？」

傅華搖搖頭，「他一來就跟我道歉，說整我那件事完全是爲了工作，不是有意針對我的。」

劉康笑說：「怎麼，想跟你大和解啊？」

傅華搖搖頭說：「我看不是這個意思，我想他可能是要在北京待上一段時間，跟我低頭不見抬頭見的，關係老弄那麼僵，不好意思吧。」

劉康笑笑說：「我看也是，他現在來黨校了，仕途看漲啊。傅華，將來他怕是越來越難對付了。」

傅華笑了一下，他相信這世界上還是有公理在的，像穆廣這樣的人，總有一天會受到應有的報應。

傅華說：「他那點小伎倆我不怕，我也不相信我們省裏的領導會這麼糊塗，一直任由穆廣這樣子胡作非爲下去。」

劉康讚許說：「傅華，你這點我很欣賞，不管對手怎樣，你都不畏懼。」

劉康跟傅華一直聊到中午，在海川大廈吃了飯才離開。

飛黃騰達

孫處長掛了電話，穆廣高興的差點跳了起來，
自己真是要走大運了，趙老肯幫自己跟郭奎打招呼的話，
以趙老的分量，郭奎絕不敢拿他的話不當回事情的，
那自己不久就要飛黃騰達了。到時候，還不知道誰給誰臉色看呢。

晚上，劉康打電話給穆廣，約他出來見面，兩人在黨校附近找了家餐館。

劉康問穆廣：「穆副市長，你找我有事？」

穆廣笑了笑說：「是這樣的，劉董啊，我急需點錢用，可是身在北京，身邊沒帶那麼多錢。」

穆廣確實是需要錢急用，原本他想跟錢總拿，可是錢總說他最近賬上的資金也很緊張，需要時間籌措。穆廣等不及，無奈只好向劉康開口啦。

幸好他跟劉康通過關蓮打過一次交道，彼此算是可以信任的，這一次張口倒不算唐突。

穆廣開門見山，劉康並不意外，他知道穆廣現在沒有關蓮做中間人，只能直接向他開口了。

劉康問：「不知道穆副市長需要多少？」

穆廣試探地說：「三十萬可以嗎？」

劉康點點頭，說：「不成問題，不過，穆副市長，這筆錢既然是借的，我想請你給我打個借條。」

穆廣愣了一下，他沒想到劉康竟敢提出讓他打借條，心說：這傢伙太不上道了吧，當真以為自己是跟他借錢啊？

劉康看穆廣怔了一下，笑說：

「穆副市長，你別誤會，錢我不一定要你還，可是有這張借條，我們就是一種借貸關係，我想有這種關係對你我都是比較好的。」

劉康的打算是，如果沒出什麼問題的話，這筆錢他就不會跟穆廣要了；可是一旦出了問題，這筆錢他算是借給穆廣的，相關部門就是查到，也無法找他什麼麻煩。

穆廣看了劉康一眼，心說：這傢伙以前是把錢硬塞到自己懷裏，現在自己跟他開口，他卻一副公事公辦的樣子，難道他知道了些什麼？看來關蓮的事對自己還是有很大影響，連這隻遠在北京的老狐狸都嗅到味道了。

如果按穆廣以往的性格，他可能就不會要這筆錢了，他哪受過這個啊？還要看一個商人的臉色？可現在穆廣急需要用這筆錢，就不得不接受這個羞辱。

穆廣笑了笑說：「劉董不要這麼說，本來就是借的，打借條是應該的。」

穆廣說著，就拿出紙筆，寫下了「今借到劉康先生人民幣三十萬元整，穆廣」的字條，然後把借條遞給劉康，說：「劉董，你看這樣子可以嗎？」

劉康笑了起來，說：「是個意思就行了。」說完也不客氣，將借條接過去收了起來，然後說：「你是要現金還是銀行轉賬？」

穆廣說：「現金好了。」

劉康說：「行，明天我派人送給你。」

穆廣倒也不怕劉康拿了借條不送錢來，以劉康這樣子的身家，三十萬可能還看不在眼裏。

劉康又陪穆廣吃完了飯，然後也沒問穆廣晚上有什麼節目安排，就跟穆廣告辭離開了。

穆廣看著劉康離去的背影，心中有些落寞，他突然想到錢總說他的賬上資金不足，會不會是一種搪塞的藉口啊？以往錢總對他都是有求必應的，怎麼突然就資金緊張了呢？是不是也是被關蓮的事情鬧的？

這不是不可能啊，從錢總知道關蓮被自己殺害之後，他對自己就開始變得推三阻四起來，有意無意的想要跟自己保持距離，生怕會受到牽連而倒楣。

穆廣在心中暗罵了一句娘，這些奸商真是鼠目寸光，你們以爲我穆廣完蛋了嗎？才沒有呢。老子命中是有貴人的，你們等我這次運作成功，讓你們知道知道老子的本事。到時候你們這些奸商跪下來求我，老子還不一定答應呢。奶奶的。

原來穆廣跟劉康要這三十萬，確實是有急用的，他是準備給一位剛退下來的副部長買壽禮用的。雖然關蓮的事暫時被遮掩過去了，他又被派到黨校學習，好像一切都在向好的方向發展，可是穆廣心中仍然有一種很深的危機感，他明白自己的地位是不穩固

的。

穆廣現在迫切需要建立起能在關鍵時候維護自己的關係，他希望這個關係能爲他擋風遮雨，並保護著他茁壯成長。現在他身在北京，正是他建立這種關係的大好時機。

於是在週日，穆廣就去拜訪了那位孫處長，這是他一個很鐵的關係，兩人之間一直有聯繫，每次到北京來，他都會帶禮物給孫處長。

孫處長這個人也是一個很仗義的人，從他還在君和縣的時候，兩人就相處融洽，從來不在他面前擺什麼架子。

那次孫處長留穆廣一起吃晚飯，算是爲他到北京來學習接風，席間孫處長問穆廣：「怎麼樣，老穆，副市長幹了這麼久，感覺如何啊？」

穆廣被問中了心事，苦笑了一下，說：「哎，不好啊。」

孫處長笑說：「怎麼這個愁眉苦臉的樣子啊？被人欺負了？」

穆廣嘆了口氣，說：「老孫啊，你不知道我們海川那邊的形勢，我去海川比較晚，我到那裏的時候，海川市的市委書記張琳和市長金達互相之間已經有了一定的默契，我去了之後，就影響到他們倆人的利益了，所以很受排擠啊。」

孫處長看了穆廣一眼，說：「不會吧？排擠你還會讓你來黨校學習？」

穆廣說：「我能來北京學習與他們無關，我來是因爲東海省的陶文副書記推薦我的緣故。陶副書記是一個很正直的領導，他欣賞我的能力才推薦我來的。但我在海川市就沒這麼好運了，張琳和金達因爲我妨礙了他們小集團的利益，就處處針對我，幾次跟我在常委會上發生衝突，我說什麼他們都反對。老孫啊，我在海川是舉步維艱啊，工作根本就開展不起來。這一次雖然能來黨校學習，可是回去後，還不知道會是個什麼樣子呢。別人來黨校，回去後基本上都會被提拔，我就很難說了，張琳和金達一定不會讓我有機會升遷的。」

孫處長氣憤地說：「他們怎麼敢這麼對你啊？」

穆廣滿臉無奈地說：「老孫啊，你不知道下面的情況，市委書記和市長在下面就是一方之霸，爲所欲爲的。兄弟我呢，是一步步憑實力幹起來的，並沒有很深的背景，不像金達身後有省委書記郭奎撐腰。人家要欺負我，我也只好老老實實的受著。老孫，你也知道，這社會更多的時候是要靠背景和關係，而不是靠實力的。《西遊記》裏不是說了嗎，有關係的妖怪都被帶走位列仙班了，沒關係的妖怪才會被孫悟空一棍子打死。我就是那個沒關係的妖怪，我在東海能依靠的，就只有一個欣賞我的陶文書記，而他還是一個退休的狀態。」

孫處長是個很有俠氣的人，跟穆廣有些行事風格很相像，這也是他和穆廣能處得很好的原因之一。聽穆廣在市裏這麼受欺負，孫處長火了，說：「老穆啊，你這麼受欺負，怎麼也不跟我們這些朋友說說啊？」

穆廣苦笑了一下，說：「說了也是給朋友添堵，我說了幹什麼？」

孫處長說：「誰說只能添堵，難道我們就不能給你出口氣嗎？」

穆廣說：「我自己的事情，怎麼好麻煩朋友呢？」

孫處長說：「你這話我就不願意聽了，朋友是幹什麼的啊？不就是關鍵時候能幫得上忙的，才是朋友嗎？」

穆廣看了孫處長一眼，說：「老孫啊，你能幫我？」

孫處長笑了起來，說：「笑話，我不能幫你，我說這些話幹什麼，你也知道我原來是跟誰的。」

穆廣說：「我知道你原來是給趙老做秘書的，可是爲了我這麼一點小事就去麻煩趙老，實在不值得啊。」

穆廣早就知道孫處長到農業部做處長之前，曾經跟當時的常務副部長趙老做過一段時間的秘書，這也是穆廣肯下本錢跟孫處長搞好關係的原因之一。

穆廣知道這層關係是很有用處的，未來孫處長的前途一定不可限量。趙老做中組部常務副部長多年，任內提拔了一大批幹部，可以說弟子滿天下，據說跟現在某位中央領導有著很深的淵源。這就是爲什麼趙老現在已經退休了，卻仍然很受人尊崇的原因。

當然這也是穆廣今天來找孫處長的主要原因，他雖然嘴裏說麻煩趙老不值得，可心中卻是十分希望孫處長能幫他找到趙老出面。他前面跟孫處長說那麼多張琳和金達欺負他的話，也是想激起孫處長的憤慨，好讓孫處長主動提出去找趙老。

果然，孫處長真的上當了，他說：「老穆啊，你就甘心老是這樣子被欺負下去啊？」

穆廣認命地說：「我當然不甘心了，可是……」

「你不甘心就好，」孫處長沒讓穆廣可是後面的話說出來，「老穆啊，你我算是挺投緣的，大家朋友一場，我幫你出這口氣。正好過幾天是趙老的生日，你準備點東西，我帶你去見見趙老。」

穆廣眼睛亮了，說：「老孫啊，你準備把我引薦給趙老？」

孫處長說：「當然了，我算是趙老最喜歡的秘書了，這點面子他還是會給我的。」

穆廣擔心地說：「可是我能帶什麼給他呢？也不知道趙老喜歡什麼？」

孫處長說：「禮物嘛，只是個心意，不需要太貴重，只要合心意就好。」

穆廣說：「不知道趙老喜歡什麼啊？老孫啊，你給他做秘書，應該知道吧？」

孫處長點點頭說：「我當然知道了。我告訴你，趙老喜歡喝茶，因此特別喜歡紫砂壺，你去想辦法淘一把像樣的紫砂壺，應該不成問題吧？」

格的？」

穆廣笑笑說：「當然不成問題了，不過紫砂壺的名家很多，不知道趙老喜歡什麼風格的？」

孫處長說：「趙老這個人文人氣息很重，在紫砂壺上也是一樣，喜歡文人氣息濃厚的曼生壺，陳曼生是西泠八家之一，清嘉道年間，致力推廣紫砂壺藝，在紫砂壺中融入文學、書法、篆刻等藝術要素，形成一種獨特的文人風格。趙老特別的喜歡。不過，曼生壺現在很難找，一時半會兒怕也難找到，若是能找到一把當代大師顧景舟的也可以，顧景舟存世作品很多，趙老對他的作品也很喜歡。」

穆廣說：「要送就送趙老最喜歡的，最好還是找一把曼生壺。」

孫處長說：「那可就費勁了，這是可遇不可求的。」

穆廣笑笑說：「我找找看吧，不行再說。」

於是穆廣就托朋友在琉璃廠為他尋找曼生壺，費了不少勁，才打聽到有一家古董商私藏了一把陳曼生和楊彭年合作的半瓢壺，因為稀缺，該古董商只是留著自己賞玩，不肯拿出來出售。穆廣又費了很大勁找人跟該古董商商量，最後好不容易才求得該古董商割愛。

也因為這樣，穆廣不得不出到三十萬的高價。而市面上，顧景舟同級的紫砂壺才十萬左右。不過，穆廣認為這錢一定會花得值得的，如果能讓趙老開心，那他的前途就會一片光明的。

但是穆廣現在無法一下子拿出這麼多錢來，趙老的生日就在眼前，穆廣得趕緊把壺買下來，因此也顧不得什麼掩飾，親自出面找劉康要這三十萬。反正他知道劉康因爲新機場工程也非得向他低頭。

只是穆廣沒想到劉康竟然會讓他打欠條，讓他好生一肚子悶氣，也降低了能跟趙老搭上關係的興奮程度。

第二天，劉康打發人將三十萬現金送給穆廣，穆廣隨即晚上約了那個古董商，付錢取來那把半瓢壺。

到了週六，穆廣跟著孫處長去見趙老。

穆廣在電視上見過趙老，此刻當面見到，心情十分激動，趕緊上前跟趙老很熱情的握手，連聲問趙老好。

趙老一副氣宇非凡的樣子，看了看孫處長和穆廣，問道：「小孫啊，這個同志是？」

孫處長介紹說：「老爺子，這是我東海省的一個好朋友。姓穆，是海川市的常務副市長。」

趙老點了點頭，說：「原來是郭奎同志手下的兵啊，不錯。」

孫處長接著說：「我這個朋友最近在黨校學習，一次聊天的時候，聽我說起你喜歡喝茶，喜歡陳曼生的曼生壺，正好他手邊有一把半瓢壺，就想把壺帶給你看看。我知道你好這玩意兒，就把他帶來了。」

趙老聽說是曼生壺，沒當回事的笑了笑說：「曼生壺傳世很少的，一般人得到的大多是贗品。」

穆廣巴結地說：「一聽趙老說話，就知道您是行家，我也不敢確信這把就是真品。我找過不少行家看過，有說真的，有說是假的，弄得我反而更糊塗了。趙老您費心幫我看一下怎麼樣？」

趙老說：「行啊，你拿出來吧。」

穆廣就拿出一把以半瓢爲器身，流短而直，把成環形，蓋上設弧鈕的紫砂壺來。

趙老看到這半瓢壺泛著紫砂壺自然的光澤，渾樸潤雅，高興地說：「你這個小穆同志不錯啊，起碼你還知道養壺。一般人拿到紫砂壺只知道藏起來，不知道還要去養它，往往一把好壺也被糟蹋了。」

穆廣其實根本就不知道什麼是養壺，他剛從古董商手裏拿到這把壺不久，這把紫砂壺品相這麼好，完全是那個古董商的功勞。

穆廣樂得趙老這麼認爲，就笑了笑說：「趙老果然是行家，您好好看看，這把壺是不是真品？」

穆廣把壺放在趙老面前，趙老拿起壺來，眼睛就亮了，開始評論起來：「這把壺線條簡潔，做工規整，刀法純熟，刻工精細，運刀猶如雷霆萬鈞，顯得雄健樸茂，金石味十足，好壺啊。小孫啊，把我的放大鏡拿來，我看看壺上的款識。」

孫處長趕緊去把趙老的放大鏡拿了過來，趙老拿著放大鏡去看壺底上的銘識，嘴裏念道：「阿曼陀室，有點意思啊。」

孫處長笑說：「怎麼了老爺子，是真的嗎？」

趙老說：「很像啊，陳曼生半瓢壺的一個特徵，就是陳曼生一反宜興紫砂工藝傳統的作法，將壺底中央鈐蓋製陶人印記的部位蓋上自己的大印阿曼陀室，而把製陶人的印章移到壺蓋裏或壺把下腹部，你讓我再找找有沒有製陶人的款識。有的話，就很可能是真的了。」

趙老很快從壺把下面找到了「彭年」兩個字的款識，他的臉泛紅起來，興奮地說：「小穆同志，這把壺很可能是真的啊！」

穆廣心說：這可是我花了大錢買來的，當然應該是真的了，便笑笑說：「趙老，您確定嗎？」

趙老笑說：「我又不是文物專家，我怎麼敢給你確定啊？不過呢，形制上很符合真品的特徵。就說這彭年篆字款吧，根據有關記載，真品彭字的三撇應該是平行的，你看是不是啊？」

穆廣把壺接過來看了看，說：「誒，果然是啊。趙老，您懂得真多。」

趙老笑笑說：「我喜歡曼生壺，當然會多研究一下了。小穆同志啊，你這把壺是從哪裡得到的？」

穆廣當然不能說是專爲你買來的，就說：

「是一個偶然的機會買到的，我們海川有個大廟古玩市場，我有時候會到那邊走一走，這把壺是在一個小攤上看到的，我一看這壺的樣式有些特別，覺得可能是個好東西，就花了幾百塊錢買了下來。」

趙老有點疑惑的看了看穆廣，說：「小攤販的東西會保養得這麼好？不可能吧？」

穆廣說：「我拿到的時候不是這個樣子的，當時髒髒的，後來給朋友看，朋友教我說好壺是需要養的，我費了很大的勁，才把壺養成現在這個樣子的。」

趙老點點頭說：「這就對了。」

穆廣把壺放回到趙老面前，趙老又拿起放大鏡細細的看起來。穆廣和孫處長對看了一眼，他們都看出趙老對這把壺有些依依不捨。

穆廣便說：「趙老，如果您喜歡的話，這把壺您就留著把玩吧，我聽孫處長說，過幾天是您的生日，這就當是我送給您的生日禮物了。」

趙老面帶微笑說：「這怎麼可以呢？君子不奪人所愛的。」

穆廣說：「這壺我也沒花幾個錢，養起來卻挺麻煩，對您來說可能是個寶貝，可對我來說就是很麻煩的事了。難得您喜歡，就留下來玩吧。」

趙老看了孫處長一眼，說：「小孫啊，這樣子好嗎？」

孫處長鼓吹說：「沒事的老爺子，穆副市長是我一個很好的朋友，他這也是對您的一點孝心。這東西本身就真假難辨，他又沒花多少錢買，您留下來，還幫他減少了養壺的麻煩呢。」

穆廣在一旁也說：「對啊，趙老，您是行家，要養它也得您來養才會更到位，您就當幫我的忙，留下來玩吧。」

趙老也就不再推辭，把壺小心翼翼很珍重的放到一邊，這才跟穆廣聊起一些東海省的事情，但嘴上雖在聊天，可是目光卻不時的會轉到壺上，顯得心不在焉的。

穆廣看到這個情形，心中很高興策略成功，坐了一會兒，就很識相地說要告辭離開，孫處長把他送了出來。

臨分手的時候，孫處長拍了拍穆廣的肩膀，說：「老穆啊，這把壺買得漂亮，你沒看到老爺子那個喜歡勁。」

穆廣也很得意地說：「這只是開個頭，下面的事還需要老孫你多幫忙啊。」

孫處長說：「我心中有數，會幫你的。」

過了幾天，孫處長打電話來，跟穆廣說：「趙老的生日過得特別高興，還把那把壺拿出來賣弄了一番，十分喜歡。」

穆廣笑說：「只要趙老喜歡就好。」

孫處長接著說：「再告訴你一件好事，趙老過完生日後，打電話給我問你的情況，說讓你在黨校好好學習，學習完之後，他會幫你跟郭奎打打招呼的。你知道，趙老從不輕易幫人打招呼的，所以學習完了，你就等著再上一步臺階吧。」

穆廣等的就是這個，連忙說：「那真是感謝老孫你了，回頭我能再上一步的話，一定會好好感謝你。」

孫處長笑笑說：「我們兄弟就好說了。你自己這段時間可要做事謹慎一點，千萬不要惹出什麼麻煩來，否則趙老就不好幫你說話了。」

穆廣說：「我明白，放心吧，我有分寸的。」

孫處長掛了電話，穆廣高興的差點跳了起來，自己真是要走大運了，趙老肯幫自己跟郭奎打招呼的話，以趙老的分量，郭奎絕不敢拿他的話不當回事情的，那自己不久就要飛黃騰達了。

如果自己能夠順利地再上一步的話，級別就跟金達相同了，到時候，還不知道誰給誰臉色看呢。

再是，自己這個年紀在地市級幹部當中算是年輕的，如果能繼續跟趙老保持好關係，難保不會再上一階，進入省級幹部的行列，那時候自己更可以大展拳腳了。

想到這裏，穆廣情不自禁的咧嘴笑了起來，心說：這人啊，還真是有意思，幾天前，自己還在爲關蓮的父母找上門來而惶惶不可終日呢，可現在，自己前途一片光明，老天爺對我還真是眷顧啊。

這時電話響了起來，穆廣看了看是錢總的，就有些不高興了，他沒忘記這傢伙前幾天對自己借錢推三阻四的，幸好還有劉康這個備胎，不然趙老的事就要生生被他給壞了。

穆廣沒好氣的接通了，說：「老錢啊，找我幹嘛？」

錢總聽出穆廣的不高興，他知道穆廣因爲沒從他那裏借到錢生氣，他打電話來也正是想爲這件事做解釋。他知道穆廣這種人不好得罪，擔心穆廣會因此報復他，所以打算多少給穆廣一些錢應付一下。

錢總殷勤地說：「穆副市長，是這樣，您上次不是跟我說要拿三十萬用嗎，我湊了一下，勉強湊了十萬塊錢出來，要不要給你匯過去啊？」

穆廣一聽，更來氣了，心說：你們雲龍公司那麼大的投資，有可能連三十萬都拿不出來嗎？還要跟我說什麼勉強湊了十萬塊錢出來，你騙鬼啊。不想給就不想給嘛，還來糊弄我。

穆廣沒好氣的說：「算了，你不用匯過來了。」

穆廣好像真的動怒了，錢總有點著慌，趕忙解釋說：「穆副市長，錢我不是不拿給您，我們公司最近確實是資金很緊張，您也知道，我們公司高爾夫球場這個項目一直是在花錢，沒有任何收益，剛剛公司又付了一大筆工程款出去，賬上真的沒錢了。」

穆廣冷笑了一聲，說：「老錢啊，你不用這麼緊張，我是真的不需要你的錢，我已經弄到錢，把事情辦好了。」

錢總鬆了口氣，說：「那就好，要不，我還是把這十萬塊給你匯過去吧，給你在北京當零花。」

穆廣冷冷說：「不需要了，我在北京是學習，拿那麼多錢也沒用。」

錢總又熱情地說：「那我這個週末過去陪您放鬆一下吧，您先說想玩什麼，我好做準備。」

剛剛孫處長才打過招呼，讓自己最近檢點一點，穆廣就不想跟錢總出去，說：「你別過來了，最近黨校課業很重，週末我準備留在宿舍念書，你過來，我也沒時間陪你。」

錢總聽穆廣竟不願出去，更加著慌了，看來穆廣這次的氣還不小呢，就苦笑了一聲說道：「穆副市長，您真的生我的氣了?我真的是資金很緊，不是故意不給您的。」

穆廣冷笑了一聲說：「老錢啊，你也別拿人當傻子，你能不能拿出這筆錢來，你我心中都有數。不過呢，大家做了這麼久的朋友了，我也不會跟你去計較這個，你不用那麼緊張，我不讓你來，是真的有事。一個好朋友提醒我，最近要謹慎一些，你這段時間也別老找我了，有什麼事，都等我學習完再說。」

錢總愣了一下，說：「是不是有什麼事發生啊?」

穆廣雖然生錢總的氣，可是仍然壓抑不住心中的興奮，便笑笑說：「你別管啦，反正是好事，不是壞事。我最近可不能出任何岔子，所以我不能出去玩了，你明白了嗎?」

錢總想到穆廣突然跟自己要三十萬，大概猜到穆廣在北京找到什麼關係了，便說：「是不是您運作什麼事情成功了?」

穆廣說：「我都跟你說了，讓你別管了。」

穆廣等於是默認了，錢總心裏一驚，看來穆廣有可能再向上邁一步。這傢伙真是王八運，惹出這麼多事來，竟然還能無風無浪的往上升。

錢總便笑了笑說：「那先恭喜穆副市長了。」

穆廣心裏高興得很，嘴上卻說：「恭喜什麼啊，八字還沒一撇呢。好啦，別囉嗦了，掛了。」

穆廣掛斷了錢總的電話，心裏又開始琢磨起趙老的事了。趙老既然知道自己在黨校學習，說不定會關注自己在黨校的學習成績，自己如果在黨校的學習成績好，趙老跟郭奎打起招呼來，腰板也會更硬氣一些，還真是要加強一下在黨校的學習了。

不過，穆廣心中清楚自己的根底，也許讓他做一些實務的工作，他能做的很好，可要想憑自己的本事讓黨校的老師們對他有個良好的印象，他還是做不到的。

他的秘書劉根這方面也不行，來黨校學習這段時間，劉根幫自己做的作業成績都不高。穆廣覺得劉根是寫演講稿寫多了，老是空話那一套，幫自己做作業也是，黨校的老師都是什麼人啊，又怎麼會喜歡那種空泛的文章呢？要想個辦法扭轉一下這個局面。

穆廣想到了傅華，他看過傅華給市裏的彙報資料，傅華寫的資料就跟劉根截然不同，傅華的內容都很紮實，有根有據的做出論證，深入淺出，很能說服人。同樣都是秘書出身，傅華的水準明顯要高出劉根不止一個檔次。

穆廣就打算把今後的作業都交給傅華來幫他寫，雖然他好幾次整過傅華，可是他相信傅華一定不敢拒絕他的，

正好穆廣有事需要駐京辦幫他辦，他想宴請黨校的兩位老師。

如果是以往，穆廣自己就做了安排，不會去麻煩駐京辦的。但現在不同，一來他身邊沒有錢總的陪同，二來，他手頭的錢不夠寬裕。找駐京辦來負責這件事是上上之策。海川風味餐館雖然不算是北京最豪華的飯店，但海鮮夠新鮮，在北京算是一流的，穆廣認爲勉強可以讓他的面子過得去，在非常時期是個不錯的選擇。又可借機跟傅華拉近一下關係，好開口讓傅華幫他做作業。

穆廣就撥通傅華的電話。

「在忙什麼呢，傅主任？」穆廣笑著說。

穆廣笑得很甜，傅華卻感覺分外的刺耳，他心裏有一種說不出來的厭惡感，穆廣這算是什麼？如果劉康和丁益推測的不錯，關蓮被他殺了，這樣一個殺人犯，竟然可以沒事一樣笑得這麼甜，怎麼會不讓人渾身都不自在呢？

傅華卻不能不應承穆廣，說：「也沒忙什麼，您有什麼指示嗎，穆副市長？」

穆廣說：「也不是什麼指示啦，傅主任能不能幫我一個忙啊？」

傅華說：「穆副市長，您別說得這麼客氣，有什麼事情吩咐我去做就好了。」

穆廣便說：「吩咐倒不敢，是這樣的，爲了搞好學習，這個週五晚上，我準備宴請兩位黨校的老師，傅主任能不能幫我在海川大廈的海川風味餐館安排一下，你知道我主要是想讓兩位老師熟悉一下我們海川的風情。」

傅華想想，副市長要駐京辦安排一桌酒宴也不是什麼大不了的事，就說：「當然可以了，您放心吧，我會讓餐館做好準備的。」

穆廣笑笑說：「那我先謝謝傅主任了。誒，傅主任，能不能到時候也請你參加一下，幫我陪陪酒？」

送往迎來本來就是駐京辦的職責，傅華便說：「沒問題啊。」

穆廣滿意地說：「那行，就這樣子吧。」便掛了電話。

傅華心中卻泛起了嘀咕，穆廣怎麼突然把酒宴安排在海川大廈呢？

從他認識穆廣以來，穆廣都不太把活動安排在海川大廈。可能是穆廣嫌海川大廈檔次不夠高，穆廣來北京的幾次重要活動，都是把客人帶到別的地方去吃飯的。這次怎麼一改常性了呢？難道說他要在黨校老師面前裝規矩嗎？

這倒是很有可能。傅華很瞭解穆廣的品性，知道他是一個善於僞裝的人。

調虎離山

有些時候，某些幹部做了違法的事情，
但是因為他手中掌握著權力，會對相關部門的查處進行干擾。
相關部門查處並不容易，因此這時候上面就會考慮派他出來學習，
調虎離山，以方便全面對該當事人展開調查。

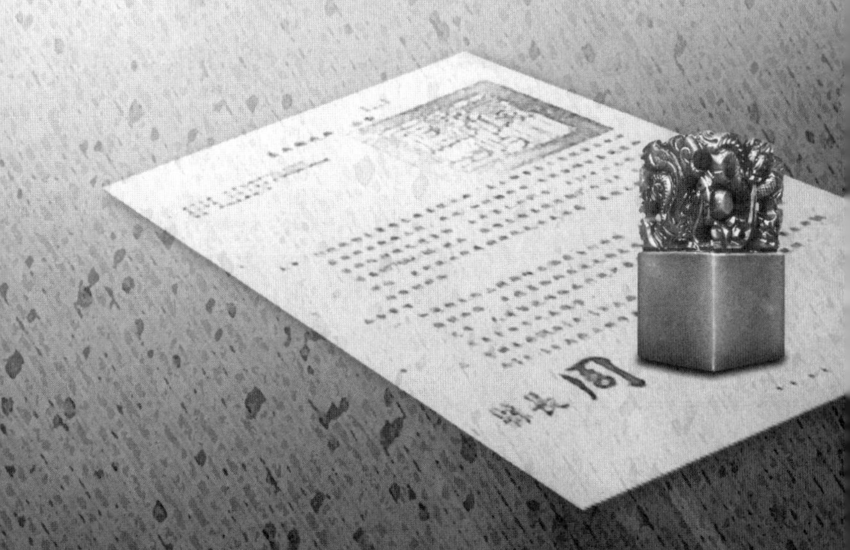

週五馬上就要到了，傅華趕忙吩咐餐館做好相關的準備。

他雖然憎惡穆廣，可是也不想給穆廣指責他的口實，因此不得不壓下心中的厭惡，做好準備工作。此外，他也不想在黨校的老師面前丟了駐京辦的臉，想辦一場風光的宴會。

週五到了，傅華坐著駐京辦的車，在黨校接了穆廣和兩位教授。兩位教授，一個姓林，一個姓李，都戴著黑框眼鏡，眼窩深陷，很嚴肅，一副很有學問的樣子。

到了海川大廈，林教授看了看，稱讚說：「穆副市長，你們的駐京辦很像個樣子嘛。」

在老師面前，穆廣不敢張揚，顯得畢恭畢敬地說：「這得歸功我們的傅主任，當年是在他的運作下，我們市裏只花兩千萬就有了這座海川大廈，當然，我們海川市只是控股，海川大廈還有別的股東。」

穆廣想趁機表揚傅華，討好一下他，畢竟他後面還有求於傅華。

林教授笑了笑說：「那也很不錯了，我看你們這位傅主任年紀也不大啊，竟然能夠運作這樣一座大廈出來。」

傅華謙虛地說：「林教授過獎了，其實也是機緣巧合，我的運氣比較好一點罷了。」

李教授笑笑說：「傅主任還挺謙虛的。你就是再讓我機緣巧合，我也建不起一座大廈來啊。」

傅華趕忙說：「李教授說笑了，其實我感覺人各有各的機緣，您建不起大廈來，我也不能去中央黨校給穆副市長這樣子的領導講課是吧？」

李教授看了眼傅華，笑著說：「傅主任還挺幽默的。」

四人就去了海川風味餐館，酒菜事先都安排好了，都是當天空運來的海鮮，坐定之後，菜就陸續開始上來。

李教授看看傅華，說：「這座大廈雖然建得不錯，可是怕也難以挽救駐京辦的命運。傅主任聽沒聽說過，中央想把各地的駐京辦給撤銷掉的事？」

傅華也耳聞過這個消息，前不久，一位中央領導在中紀委的全會上點名批評了駐京辦，並且提出了應該防止和解決地方和企業透過駐京辦事機構長久存在的請客送禮等歪風。

緊接著，國務院機關事務管理局召開廉政工作會議，邀請各省駐京辦負責人參加。這次會議決定，由中紀委組織專門人員負責調研駐京辦，然後由國務院機關事務管理局拿出駐京辦的具體改革方案並擇機公佈。

對於駐京辦來說，目前的政策雖然並不明朗，卻已經是山雨欲來風滿樓了。

黨校的教授們向來是對政策很敏感的一群人，他們大多是走在政策的前導位置，傅華看了看李教授和林教授，他很想知道兩位教授對這件事情的看法。

他心裏是很捨不得駐京辦撤銷的，畢竟這裏是他一手建立起來的，他爲這裏付出了很多的心血。

傅華說：「兩位教授，據我所知，各地在北京的駐京辦機構可能有六萬多個，這麼一大批人和機構想要一下子撤銷，怕是不那麼容易吧？再說，駐京辦的存在是有它的理由的，兩位可能也知道駐京辦的一般工作，主要就是與相關部委建立聯繫，跑項目審批、尋求專項經費和某些財政轉移支付的工作，這對地方上來說是十分重要的，地方上又怎麼肯撤銷駐京辦呢？我怕駐京辦就是撤銷了，地方上也會想辦法變相恢復駐京辦的。」

穆廣在一旁說：「林教授，這件事我也聽說了，我是站在傅主任這一邊的，我也反對撤銷。駐京辦對地方上是很重要的，除了跑部錢進之外，還要維穩、爲地方上招商、接待地方上到京的領導。特別是維穩，如果沒有各地的駐京辦在，我還真不知道兩會期間，北京會是個什麼樣子。」

林教授搖了搖頭，說：

「我並不否認駐京辦事有一定的功能性，從上世紀九〇年代初至今，各省、自治區、直轄市的駐京辦在北京紛紛興建集聯絡、接待和服務功能於一體的辦公大樓，這些佔據京城黃金地段的駐京辦事機構，就像你們這座海川大廈一樣，幾乎都是星級豪華酒店。在招商引資、跑項目、收集資訊及接待地方來京辦事的領導及有關工作人員等，對地方上來說的確是十分的重要。但這些並不代表說，駐京辦就是沒問題的。近年來，駐京辦存在的問題和種種違規行爲，已經引起了中央高層很大的關注，各省陸續爆出有許多貪污、挪用公款、受賄的不法情事出現，這些駐京辦的相關人員因爲不同程度的犯罪行爲而受到懲處。這說明什麼，駐京辦因爲管理上的混亂，已經在某種程度上成了腐敗的溫床，到了非治理不可的程度了。」

李教授卻有不同意見，說：「老林啊，這方面我就不贊同你了，你說，現在從中央到地方，哪裡沒有不法事件啊？如果因爲有腐敗就撤銷，我看中國沒幾個機構還能存在下去了。」

林教授不以爲然地說：「老李，你太偏激了，老認爲整個中國都是黑暗的。」

李教授反駁說：「怎麼了，我說的不對嗎？老林，你是不肯面對事實，你說從中央到地方哪個地方沒有？你如果能說出來，那我就贊同你的觀點，認可駐京辦應該被撤銷。」

林教授說：「老李，你非要跟我叫板是吧？據我所知，貪污腐敗在中國是普遍存在的，這是制度性的問題，也正是目前我們需要解決的問題。」

兩個教授爭執了起來，反倒把穆廣和傅華弄得面面相覷了起來。

兩位教授卻並不理會兩人的尷尬，繼續他們的爭論，李教授說：

「老林，既然你承認這是制度上的問題，那就不能武斷地說駐京辦需要馬上撤銷。就像這位傅主任所說的，一些根本性的問題並沒有改變，比如說中央的財政轉移支付問題之類的，這樣的話，你就是把駐京辦給撤銷了，地方上還是會想辦法變相恢復的。到那個時候，駐京辦就會轉移到地下，就會更不好管理了。」

傅華笑說：「看來李教授是不贊同撤銷的了？」

李教授說：「當然了，我是不贊同這麼一刀切的全部撤銷，這就好比一個孩子病了，你應該想辦法把孩子的病治好，而不是一刀把孩子給殺了。」

林教授不禁失笑說：「老李，你不要把我說的這麼殘忍好不好。」

李教授說：「雖然這個比方有些不恰當，卻能充分說明你的做法的性質。」

林教授說：「好，你說我的做法不恰當，那你說一個恰當的做法給我聽。」

李教授說：「這個問題我認真想過，我覺得對駐京辦不是應該一撤了之，而是應該加強管理，把它納入規範性的軌道上去。再說駐京辦對北京來說，也是一股很大的消費力量，這麼多人員，這麼多機構，每年為北京的GDP貢獻多大的力量啊，你要知道，如果一個駐京辦每年的經費保守地按一百萬計算，所有駐京辦每年需要的全部經費就在一百億元以上，這可不是一筆小數字，真要撤了駐京辦，北京的市面說不定會出現一段時間的蕭條，所以我認爲這對北京來說也並不是件好事。」

林教授說：「你這有些誇大其詞了吧？」

李教授笑笑說：「你不信啊，你不信可以問一問我們這位傅主任啊，你問他海川駐京辦一年的經費有多少？」

兩位教授的目光一時都看向了傅華，傅華有些尷尬了起來，他心裏很清楚駐京辦每年的經費絕對不止一百萬，他擔心兩位教授會追問這些經費被用到了什麼地方，當然很多費用是被用在上不了臺面的地方上了。

他有些尷尬的說：「當兩位教授的面我不能說慌，我只能說應該不止李教授所說的數目。其他的就是我們駐京辦的工作機密了，我不方便說。」

李教授笑說：「你不說我們也知道這些錢用在什麼地方了，傅主任，我想瞭解一下，你們做一些部委的公關工作，是不是很費心思啊？」

傅華看了眼穆廣，穆廣笑笑說：「看我幹什麼，當著兩位老師的面，你有什麼就說什麼好了。」

傅華說：「那我就實話實說了。駐京辦的工作就是將禮物不露痕跡地送到領導的手中，做好相關的公關工作。說到公關，就要動到很多心思了，你要對部委司局負責人的喜好瞭若指掌，再據此準備相關的物品。還得注意禮物不能太貴也不能太便宜，太貴了給人家添麻煩；太便宜了，人家又會覺得看不起他們，有些尺度就很難拿捏，需要費盡心思。怎麼樣，我算是實話實說了吧？」

林教授笑說：「應該算是了。」

穆廣這時端起了酒杯，說：「兩位老師就不要爲難我們的傅主任了，他的汗都流下來了。我約兩位老師出來，是想到了週末出來輕鬆一下。我們不要討論這麼嚴肅的問題了吧，來，我們喝酒。兩位老師，我敬你們。」

兩位教授笑了起來，也都端起酒杯，跟穆廣碰了碰杯，喝起酒來。話題就轉到了穆廣在黨校的學習生活上去了。

宴會結束，傅華陪穆廣將兩位教授送回家，然後又要送穆廣回黨校，穆廣卻說：「我不回黨校了，我今晚住在海川大廈，你安排一下。」

穆廣突然要住海川大廈，讓傅華愣了一下，他知道穆廣不喜歡住在駐京辦，猜想穆廣週末私下一定有什麼活動，而且這種活動還不想讓別人知道。

兩人沉默了一會兒，穆廣感到有點沉悶，就沒話找話的說：「傅主任啊，今天談到的駐京辦撤銷問題，你覺得駐京辦有可能被撤銷嗎？」

傅華說：「很難說，如果中央真的下了決心，駐京辦也不得不撤吧？」

穆廣笑笑說：「那倒也是。不過，我覺得這個牽涉到各方面的利益太多了，一下子全部撤掉恐怕也是不太可能的。」

傅華說：「是啊，我也覺得一下子撤掉不太可能。就像李教授說的，真要一下子撤掉這麼多機構，北京也受不了啊。」

穆廣又說：「是啊，誒，傅主任，你對我這兩位老師怎麼看？」

傅華說：「水準都很高，他們後來談的觀點，有些我從來沒往那個角度想過，聽他們一說，我才發覺原來問題也可以這麼看啊，心裏真是很佩服。」

穆廣笑笑說：「那當然了，中央黨校是什麼地方啊，人才淵藪，我進去也有眼界爲之一開的感覺。在這些老師面前，我常常會覺得自己的水準太差了。」

傅華說：「在他們面前，很少人能感覺自己水準不差的。」

穆廣趁勢說：「所以我的問題就來了，我覺得我有些跟不上教授的內容。傅華，你肯不肯幫我一個忙啊？」

傅華納悶地看了看穆廣，說：「您別說得這麼客氣，什麼事情啊？」

穆廣說：「你先答應我再說。」

傅華說：「領導吩咐的事情，我怎麼敢不答應啊？」

穆廣說：「這不是工作上的事，是我私人請你幫的忙，你如果不願意，我不會強求的。」

就算是私人方面的事，傅華也不好拒絕，他跟穆廣這段時間還要經常見面，不好把關係搞得太僵，即使這種友好只是表面的。

傅華只好說：「我怎麼會不願意啊，什麼事情啊？」

穆廣說：「這週末黨校安排了一些哲學方面的作業，我需要跟人討論一下，傅主任在我們市政府可是有名的高手，明天能不能抽出點時間來幫我一下啊？」

傅華沒想到穆廣會提出這個要求來，他想穆廣一定是爲了要在黨校交出一份漂亮的成績單，才厚著臉皮跟自己提出這個要求來，難怪他一直頻頻對自己示好。

傅華不由得心灰了一下，如果穆廣這樣子的人都可以被提拔，那東海省的領導們真是昏庸到可以了。

穆廣看傅華不說話，知道他並不情願幫這個忙，可是自己既然開口了，就由不得他回絕。便笑了笑說：「傅主任，你在想什麼啊？難道不願意幫我這個忙嗎？」

傅華不想成爲穆廣上升的助力，就說：「不是我不願意幫這個忙，而是我的水準不行啊。穆副市長，您不是還有劉秘書嗎？」

「你是說劉根啊？」穆廣不屑的說：「他寫的東西太空泛了，就像在寫演講稿一樣，不行的。傅主任，你就別謙虛了，誰都知道你給曲煒市長做秘書的時候，寫稿子那是一流的，你就幫我這個忙吧。你要知道我在黨校代表的也是海川市，你總不能讓黨校的教授們覺得我們海川的幹部一點水準都沒有吧？」

傅華心說，我幫你可是弄虛作假，難道弄虛作假就是有水準了？不過這話不好明說，傅華苦笑了一下，說：「穆副市長，這個我怕真是幫不了你什麼。」

穆廣看了傅華一眼，說：「我知道金達市長當初來黨校讀書的時候，傅主任可是給了他很多的幫助，現在連跟我討論一下都不肯，看來你心中對我還是很有意見的。方山那件事情我已經跟你道歉了，如果你還覺得不夠，我可以再跟你說聲抱歉，可以嗎？」

傅華被弄得不好意思了起來，說：「不是這樣子的，穆副市長，我真是怕水準不夠。」

穆廣說：「我又沒說非要你弄出個什麼樣子來，我只是想請你跟我一起討論一下，看看你對這些問題是什麼看法而已，我想，三個臭皮匠湊到一起也是可以賽過諸葛亮的，傅主任，你就不要再推辭了。」

傅華還想再說什麼，穆廣卻拿出了領導的架勢說：「好了，就這麼決定了，我明天在海川大廈等你。」

傅華就不好再爭辯了，他暗自嘆了口氣，心說還被穆廣這傢伙纏上了，算了，明天勉強應付他一下好了。

第二天，傅華來到了穆廣住的房間，原本想敷衍一下穆廣，沒想到穆廣把劉根也找了來，一副十分認真的架勢，弄得傅華也不好太過隨便，只好也跟著認真起來。

這一認真起來，一個上午很快就過去了，穆廣對一上午的成果很滿意，對劉根說：「小劉，你今後要多跟人家傅主任學習啊，你看傅主任提出來的觀點，扎實、新穎、到位，讓人一看就知道是有水準的。」

劉根笑說：「我怎麼能跟傅主任比呢，傅主任是前輩，我聽市政府很多人說，傅主任給曲市長當秘書的時候，是市政府的一枝名筆呢。」

傅華知道穆廣跟劉根說這些都是在拍他馬屁，心中很彆扭，就說：「穆副市長、劉秘書，你們也把我說得太好了點吧？好了，事情總算做完了，穆副市長，我是不是可以回去了？」

穆廣心裏冷笑了一聲，心說：傅華啊，你越不情願，我就越是要叫你做，便笑了笑說：「傅主任，急什麼啊，你幫了我一上午的忙，我怎麼也得請你吃頓飯，表示感謝啊？」

傅華趕忙說：「不需要，我也是舉手之勞，穆副市長不需要這麼客氣。」

穆廣說：「在傅主任是舉手之勞，在我來說可是大有啓迪的。你不要跟我爭了，這頓飯我是一定要請的，你不要覺得不好意思，因爲以後我肯定還有很多東西要跟傅主任討教的。」

傅華心中暗自叫苦，看來穆廣還真是個甩不掉的麻煩。

劉根在一旁幫腔說：「傅主任，你趕緊答應下來吧，穆副市長既然開口了，這頓飯你怎麼也是要去吃的。」

傅華無可奈何，只好說：「好吧，那就叨擾穆副市長了。」

其後接連幾周，穆廣都是在週五晚上就住到海川大廈，週六他哪裡也不去。就留在駐京辦跟傅華和劉根一起完成教授交代下來的作業，弄得真像一個好學生的樣子。

他的苦心確實也沒白費，教授接連給他的作業打了很高的分數，讓他在同學面前很有面子。

不過，穆廣的舉動也把傅華徹底搞糊塗了，他一方面心中十分厭煩穆廣的糾纏，另一方面也搞不清楚穆廣爲什麼對黨校的成績這麼重視，這與他認識的真正的穆廣，可是有著巨大的差異的。

也許只有一種解釋，那就是省委的某位領導給了穆廣什麼承諾，要求穆廣在黨校要拿出一份好的成績來，所以穆廣爲了自己的前途，這才收起心來認真學習的。

爲此，傅華在陪穆廣學習完之後，打電話給曲煒，他想知道是不是真的有省裏的領導給了穆廣某種希望。

曲煒接了電話，說：「找我幹什麼，不會是又要跟我抱怨穆廣吧？對了，穆廣在黨校學習有一段時間了，你跟他處得怎麼樣？」

傅華跟曲煒相處多年，說話也不需要有什麼顧忌，就說：「我們相處得很好啊，現在每個週末都會聚到一起認真學習呢。」

曲煒好奇地說：「開什麼玩笑，是穆廣去黨校學習，又不是你去，你們怎麼會聚在一起認真學習呢？」

傅華說：「我沒騙您啊，市長，您不知道，穆廣現在每個禮拜都會帶作業到駐京辦來，讓我跟他討論作業呢。」

曲煒愣了一下，說：「是真的啊？哦，我明白了，他這是借你的手幫他完成作業呢。這傢伙真是夠狡猾的。」

傅華苦笑說：「是啊，可是我又沒辦法拒絕，真是煩死我了。誒，曲市長，穆廣爲什麼這麼在意黨校的成績啊，是不是省裏哪個領導準備在他進修之後要重用他啊？」

曲煒說：「你問這些幹什麼啊？」

傅華說：「沒什麼，我只是奇怪穆廣爲什麼會突然這麼積極，我覺得肯定是某位領導答應穆廣什麼了。」

「這些也是你能隨便揣測的嗎？」曲煒的語調嚴肅了起來：「我上次跟你說過什麼，要你服務好領導，其他的你不需要管。」

傅華說：「曲市長，你跟我不需要這樣子吧？你就跟我透露一點又會怎樣。」

「你什麼時候變得這麼八卦了，」曲煒越發嚴厲了起來：「這些也是你該操心的嗎？」

傅華並沒有被曲煒的嚴厲語氣嚇到，反而理直氣壯地說：「我關心一下怎麼了？看來我是猜對了，省裏一定是準備提拔穆廣了。省裏的領導怎麼這麼糊塗啊。曲市長，我跟您說過穆廣在海川的所作所爲，您跟我說實話，您覺得提拔這樣一個幹部合適嗎？」

曲煒有點惱火了，說：「傅華，你知道什麼就來胡亂評價省裏領導的決策啊？你怎麼回事？這樣的話也是你可以隨便說的嗎？」

傅華說：「我又沒說錯，市長，難道我跟您也不能談一談我真實的想法了嗎？我覺得像穆廣這樣的幹部如果走上更高的位置，會嚴重損害組織的聲譽的。」

曲煒教訓說：「傅華，你今天是怎麼啦？非要跟我叫這個板是嗎？是誰跟你說上面一定會提拔穆廣的？你怎麼拿沒影的事情胡亂揣測起來就沒完了？」

傅華愣了一下，說：「難道我猜錯了嗎？」

曲煒說：「猜沒猜錯我是不會跟你說的，不過，事情絕非你想的那個樣子，我能跟你說的只有這些了。」

傅華感覺到一絲陰謀的味道，雖然曲煒警告他不准問下去，可是他跟曲煒是可以隨便一點的，就說：「曲市長，這個悶葫蘆實在不是個滋味，您是不是可以稍微透露那麼一點點，省領導究竟是什麼想法啊？你放心，我會保密的。」

曲煒笑了起來，說：「傅華啊，你要知道好奇心是可以殺死人的。好了，別去問這些沒用的了，如果沒別的事，我掛了。」

傅華見問不出什麼來，他也了解曲煒的個性，知道再問下去也是沒用的，就笑了笑說：「沒什麼了，再見，曲市長。」

曲煒那邊就掛了電話。

放下電話，傅華可就鬱悶了。他原本是想找曲煒弄明白省裏對穆廣的態度，可是現在不但沒弄明白，反而被弄得更糊塗了。各方面傳來的資訊是矛盾的。

穆廣本身的行爲所反映出來的，是穆廣對這次黨校的學習有著很高的期待，因此在穆廣這邊肯定認爲，就算這次黨校的學習即使不能讓他得到提拔，起碼也不會有什麼負面的影響，不然的話，他也不會那麼重視黨校的課業。

但是另一方面，曲煒的話裏有話，傅華從他的話中可以感到省委領導對穆廣的黨校學習是有別的想法的，而這個想法絕非一般人所認爲的那樣，甚至可能是爲了對穆廣有特別的處置。

雖然一個幹部被派到黨校學習，通常是爲了提拔做準備，可實際上並不盡然，也有那種被派去黨校卻不是爲了提拔的。

有些時候，某些幹部做了違法的事情，但是因爲他手中掌握著權力，會對相關部門的查處進行干擾。相關部門查處並不容易，因此這時候上面就會考慮派他出來學習，調虎離山，以方便全面對該當事人展開調查。

還有一種情況，相關領導之間產生了衝突，也會將其中一位領導派出來學習，過渡一下，然後將該領導調走。

對這兩種情形，傅華感覺穆廣現在的樣子都很像，又都不像。

穆廣前段時間已經被舉報過一次，查了半天也沒查出點什麼來，應該沒那麼快再被調查吧？此外，穆廣和張琳、金達鬧過彆扭，也還沒有到彼此水火不容的程度，省裏也沒必要將他調走啊。

想了半天，還是一筆糊塗賬，傅華索性搖搖頭，心說算了，領導們可能有他們的想法，自己還是不要瞎費腦子了吧。

晚上，穆廣打電話邀孫處長出來吃飯。

孫處長接了電話很高興，說：「老穆啊，你不打電話給我，我也正想找你呢。」

穆廣笑笑說：「怎麼了？」

孫處長說：「有件好事要告訴你。我們見面再說吧。」

兩人就約在酒店見面，穆廣先到，等了一會兒孫處長才到，一見面，孫處長就說：「老穆啊，你真行啊。」

穆廣不解地說：「我怎麼行了？」

孫處長笑說：「你不知道，前兩天趙老有事去了黨校一趟，順便問了你在黨校的學習情況，黨校的領導就跟趙老彙報了你在黨校的事，說你各方面的成績都很優異，是一個表現得很好的同志。趙老一聽就很高興，覺得我沒交錯朋友，把我表揚了一番。」

穆廣心想：我的苦心總算沒有白費，能得到趙老的讚揚，也不枉我低三下氣去給傅華陪小心了。

穆廣高興地說：「我最近確實是很認真的在學習，就是因爲怕趙老知道我的成績差會失望，那樣老孫你的面子上也不好看啊。」

孫處長稱讚說：「你這樣子做就對了，跟你說，趙老見到你表現的這麼優異，還特

別打電話給你們的郭奎書記聊了你的情況，說你這樣的同志，組織上應該多加重視，你在地方上的工作也很不錯，希望郭奎書記多培養一下你，可以考慮破格使用像這樣的優秀人才。」

穆廣一聽，兩眼立即發亮了，他費那麼多心機，就是想要趙老跟郭奎說這句話的，他看著孫處長，緊張的問道：「那郭書記怎麼說？」

孫處長笑說：「趙老既然開口了，郭書記還能怎麼說啊，他當然說會認真考慮趙老的建議。趙老還覺得有些不滿意，說他瞭解過海川市最近的發展，感覺海川市經濟很長時間都處於一個停滯狀態，看來是主政的同志有些不得力啊，希望郭奎書記是不是考慮換一下人來主政啊？」

雖然趙老沒有明說要讓穆廣代替金達主政海川，可這話中的意思已經很明顯了，只是不知道郭奎會怎麼表態？

穆廣的心都懸到嗓子眼了，他看著孫處長，急急問道：「那郭奎怎麼說？」

孫處長笑了起來，說：「你不用這麼急，郭奎當然不可能一口答應讓你接市長這個位置，畢竟你還在黨校學習，而且，要你當這個市長還需要經過很多的運作。不過，郭奎書記說了，他已經記下了趙老的意思，會在尊重趙老的前提下，慎重使用你的。」

那一晚穆廣並沒有喝很多酒，可是跟孫處長分手的時候，他還是頭暈暈的，有一種飄飄然的感覺。

他知道這不是酒的作用，這是孫處長跟他講那番話的作用。從孫處長的話中，他看到了一個輝煌的未來，不久的將來，他將踏入正市級幹部的行列。這是他渴望已久的位置，沒想到竟然會這麼快得到。

那晚穆廣美夢連連，在睡夢中，他看到自己很威風的呵斥張琳和金達，原來他已經做到了省長的位置，而金達和張琳是他的手下，兩人做了一件錯事，因而遭到他很嚴厲的批評。

醒過來時，穆廣臉上泛起了笑容，得意地對自己說，總有一天他一定要好好訓斥一下張琳和金達這兩王八蛋。

看看時間，穆廣才發現自己的美夢醒得太早了一點，剛剛午夜，離天亮還有很長一段時間，他卻興奮得再也難以入眠了。

既然睡不著，穆廣索性開了燈起來，打開窗戶看向外邊，一陣涼風襲來，讓他不禁打了個寒戰，心中不禁有些感慨。想到自己一個沒什麼背景的農民子弟，今天竟然有機會能做到海川市的副市長，管轄幾百萬人，這其中不知道付出了多少辛勞啊。

他從一個小小的辦事員熬了二十多年才熬到今天這個位置，費心費力，這其中的甘苦，不是親身經歷過的人是無法體會的。

記得年輕的時候聽一個老幹部說過，人在官場上，就像是在吃蘋果，每次只允許你吃一小口，等你快吃完的時候，你的仕途就要結束了。

當時他還不明白其中的意思，現在才明白，原來每一次的升遷，就像是在啃一小口蘋果，啃著啃著，你就老了，仕途也就結束了。

有時想想，人生真是夠詭異的，每個人都知道走下去的結果只能是死路一條，可是沒有一個人會停下腳步，都還是熱火朝天的往前走。仕途其實也是一樣，你奮力爭取到最高點的時候，往往就是要一切歸零的時候。

不過自己還算是幸運的，多少人並沒有像自己這樣得到更多咬蘋果的機會，通常只被允許啃一小口後，就沒有繼續啃下去的機會了。

穆廣胡思亂想了半天，終於又睏了，這才上床再次睡了過去。

醒過來時，已經過了上課的時間，穆廣急匆匆洗了把臉，趕緊去了教室，在教授不滿的眼光下，逃也似的去座位上坐了下來。

過了一會兒，忽然教室裏響起手機的鈴聲，教授惱火的看了看下面，說：「誰的手機沒關啊？」

穆廣看了看，發現左右的同學都在看他，這才意識到自己早上起床時太匆忙，忘了將手機關機了，不由得驚出一身冷汗，趕忙關了機，一邊對教授連連道歉。

教授白了穆廣一眼，沒說什麼，繼續上課了，穆廣這才鬆了口氣，心說自己真是得意忘形了，今天才會這麼舉止失措。

上午的課程很快就結束了，吃午飯的時候，穆廣打開手機，赫然發現竟有幾十通未接電話，看了下號碼，是個很陌生的電話號碼。

穆廣心中奇怪，一個陌生的號碼接連打幾十通電話找自己幹什麼？有心不理吧，穆廣又怕是某人換了號碼有急事找他，猶豫了一會兒，還是撥了過去。

「你總算是開機了！」

電話那邊傳出錢總的聲音，原來這些電話都是錢總打來的，穆廣心裏罵錢總不知趣，明知道自己這個時間是在上課，竟然還打來電話騷擾，害得自己惹得教授不高興。

穆廣正想罵錢總幾句，可是錢總沒給他這個機會，聲音很急的說：「不好了，穆副市長，出事了。」

穆廣還沒有意識到事態的嚴重，不滿地說：「你慌張什麼？什麼事情把你急成這個樣子啊？你不知道我在黨校上課嗎？還敢打電話來，害得教授對我很不滿意。」

錢總緊張地說：「這時候我哪還顧得了那些，穆副市長啊，大事不好了，關蓮的屍

體被人發現了。」

「什麼，關蓮的屍體被人發現了?!」穆廣驚叫了起來，趕緊追問道：「你怎麼知道的？」

錢總說：「我一個省公安廳的朋友跟我說的，說是被鄰省的公安發現的，鄰省公安派人來東海省調查，又通知東海省公安廳協查，所以我的朋友才會知道。」

穆廣心中十分詫異，離他丟棄關蓮屍體的時間已經過去好幾個月了，關蓮的屍體就算被發現，基本上也應該被魚啃蝕光了，怎麼會發現是關蓮呢？

穆廣問道：「不可能啊，你怎麼知道對方確認是關蓮的屍體？」

錢總說：「你現在在黨校是吧？我就在黨校的外面，你出來，我們見面說。」

穆廣這時也顧不上吃午飯了，匆忙就往外走。

到了黨校大門口，就看到錢總的車，上了車，錢總馬上發動車子，離開了中央黨校。

在車上，穆廣問錢總：「警方不可能這麼快就知道屍體是關蓮，究竟怎麼回事啊？」

錢總苦笑了一下，說：「怎麼會不知道，裝屍體的行李箱裏有關蓮原來的身分證，那時候她的名字還叫張雯是吧？」

穆廣傻眼了，說：「你是說箱子裏面有張雯的身分證？」

錢總說：「當然了，那個箱子是被一條漁船的拖網拖起來的，漁民打開箱子發現了屍體，就立刻報警，警方搜撿了箱子，結果在箱子的夾層裏發現一張名字叫張雯的身分證，就上網查了失蹤人口，正好發現張雯被報失蹤。結果不就很明顯了嗎？」

「哎！」穆廣一拍腦袋，說：「真是百密一疏啊，我當時怎麼忘了好好翻一下裝屍體的箱子呢？」

錢總看了穆廣一眼，到這個時候，穆廣還只是後悔做事不夠嚴密，而不是後悔不該做這種殺人害命的事情，真是沒有人性啊。他心裏不由得對穆廣越發的厭惡。

錢總說：「穆副市長，你不能再留在北京了，趕緊逃吧。」

穆廣遲疑了一下，說：「有必要嗎？他們現在只能確定死的人是關蓮，並不一定會牽涉到我身上啊。」

穆廣想到之前辛苦的佈局，好不容易才有了成果，因而對黨校還有很多的留戀，不想就這樣放棄掉，他還想著蒙混過關之後，能夠繼續青雲直上呢。

錢總冷冷的看了穆廣一樣，到這時候你還心存僥倖，想要能夠逃脫懲罰啊。

錢總忍不住說：「穆副市長，到這時候你就別心存僥倖了，我的朋友還聽到一個消息，據說省紀委對你的案子調查一直都沒停下來，只不過並不是由原來那幫人馬在調查而已。你被派到黨校學習，可能只是省紀委的一個調虎離山之計，你別再做夢還想能得到什麼升遷了。」

穆廣這下子徹底驚呆了，他看著錢總說：

「老錢，這種話你可不能瞎說啊，我跟你說實話吧，我找過中組部退休下來的趙副部長，還花了一大筆錢買了禮物給他過生日，他對我的禮物很滿意，爲此專門打電話給郭奎，據趙副部長說，郭奎已經答應他，會認真考慮我的任用問題，今後會重用我的，難道這些都是假的？」

錢總苦笑了一下，說：

「這時候你還抱著這種幻想啊？這些當然是假的了，你想啊，難道趙副部長找到郭奎，郭奎能告訴他你在被調查當中嗎？那樣你豈不是就知道你被調查了嗎？再說，你在海川惹了那麼多事出來，郭奎難道就一點情況都沒有掌握到？

「我跟你說吧，據我朋友瞭解到的情況，有人說，上次你被人舉報，雖然最後並沒有找到什麼問題，可是不久就有人向省委領導反映，省紀委查處你這個案子的辦案人員可能是被你買通了，其中最大的疑點，就是相關人員根本就沒去調查案子最關鍵的核心人物關蓮，連關蓮的戶籍資料是假的都不知道。

「省委領導瞭解了這個情況之後，十分的震驚，就指示省紀委的領導成立了秘密調查小組，專門調查你的犯罪事證。正好退休的省委副書記陶文向省組織部推薦你到黨校學習，省委領導就順水推舟，借此機會把你調離海川，從而方便展開對你的調查。關蓮的事情在這個時間點暴露出來，我想有關部門一定已經查過關蓮的身分了，這等於給他們一個調查你的突破口。」

雖然錢總說的消息未必是確切無誤的，可是穆廣可以感覺到，很有可能就是這樣一個情形。

想想也是，金達是郭奎的愛將，他怎麼可能因爲一位退休的副部長的幾句話，輕易就答應會換掉一個經濟大市的市長呢？金達又不是幹得太差勁。

自己真是幼稚啊，竟然會相信這種不靠譜的說法。

穆廣臉色變得煞白了，他原本寄望關蓮一直不被找到，很多事情他可以抵賴到關蓮身上，一推三不知；現在關蓮已經被證實死亡，而自己又跟關蓮的死脫不了關係，相關部門一定會以此爲理由收審自己，到那個時候，自己還想不交代犯過的罪行，恐怕也由不得自己的。

想到這裏，穆廣看了看錢總，說：「老錢啊，你讓我逃，可以這時候你讓我往哪裡逃啊？」

錢總說：「我也不知道啊，反正你不能再留在黨校了。也許這時候東海省的人正趕過來準備抓你歸案呢。」

可是穆廣感覺天下雖大，卻絲毫沒有自己的存身之地，他能逃到哪裡去呢？到哪兒才能逃脫被追捕的命運呢？

穆廣絕望了，心中一點主意都沒有，看著錢總，帶著哭音說：「老錢啊，你讓我怎麼辦啊？」

錢總看看可憐兮兮的穆廣，心想：你現在知道害怕了？又何必當初呢？不過他又不能將穆廣這樣放在北京不管，就沒好氣的說：

「好了，你先別慌張，我也不知道現在應該怎麼辦，不過北京這邊是不能待了，我先載你離開北京再說。」

此刻穆廣也沒別的辦法，就說：「那還等什麼，趕緊走啊。」

錢總就開車往京郊方向走，由於害怕遇到東海省進京來抓穆廣的人，他們不敢往東海方向走，朝著相反的方向開去。

請續看《官商鬥法》二十　鋌而走險

官商鬥法 十九 最後攤牌

作者：姜遠方
發行人：陳曉林
出版所：風雲時代出版股份有限公司
地址：105台北市民生東路五段178號7樓之3
風雲書網：http://www.eastbooks.com.tw
官方部落格：http://eastbooks.pixnet.net/blog
Facebook：http://www.facebook.com/h7560949
信箱：h7560949@ms15.hinet.net
郵撥帳號：12043291
服務專線：(02)27560949
傳真專線：(02)27653799
執行主編：朱墨菲
美術編輯：風雲時代編輯小組

法律顧問：永然法律事務所 李永然律師
北辰著作權事務所 蕭雄淋律師

版權授權：蔡雷平
初版日期：2016年2月
初版二刷：2016年2月20日
ISBN：978-986-352-239-3

總 經 銷：成信文化事業股份有限公司
地　　址：新北市新店區中正路四維巷二弄2號4樓
電　　話：(02)2219-2080

行政院新聞局局版台業字第3595號 營利事業統一編號22759935

定價：280元　特惠價：199元

國家圖書館出版品預行編目資料

官商鬥法／姜遠方 著. -- 初版. -- 臺北市：
風雲時代，2015.01 -- 冊；公分

ISBN 978-986-352-239-3（第19冊；平裝）

857.7　　104011822